1 7 8 1

Hellmuth Karasek

Im Paradies gibt's keine roten Ampeln

Glossen

| Hoffmann und Campe |

Die Glossen von Hellmuth Karasek erscheinen jeden Sonnabend im *Hamburger Abendblatt* und am Sonntag in der *Berliner Morgenpost*.

1. Auflage 2011

www. hoca.de
Satz: Pinkuin Satz und Datentechnik, Berlin
Gesetzt aus der Minion Pro und der TheSans
Druck und Bindung: C. H. Beck, Nördlingen
Printed in Germany
ISBN 978-3-455-50205-3

Ein Unternehmen der
GANSKE VERLAGSGRUPPE

Inhalt

Wem die Stunde schlägt

Kein Glossenschreiber fällt aus dem heiteren Himmel. Jeder lebt von Mustern und Vorbildern. Neben den üblichen Verdächtigen, den großen Satirikern, wie dem Wiener Begleiter der »letzten Tage der Menschheit«, Karl Kraus, und dem Berliner Kurt Tucholsky, der die Endzeit der Weimarer Republik als »Panther, Tiger und Co.« begleitete – wobei »und Co.« für den gnazigen Ignaz Wrobel steht, schon im Namen ein Steinbruch an Widerspruch –, habe ich zwei Leitsterne am Himmel der Glossen und Geschichten.

Der eine ist der alemannische Schriftsteller und Pfarrer Johann Peter Hebel, der um das Jahr 1800 seine unvergesslichen und, Gott sei Dank, unvergessenen Geschichten für den »Rheinischen Hausfreund« schrieb: Es sind Kalendergeschichten für einen Bauernkalender, die er später auch im »Schatzkästlein« des »Rheinischen Hausfreund« sammelte. Darunter Kleinode erkenntnisreicher, liebevoller deutscher Kurzprosa, wie die Geschichte von Kannitverstan. Da fährt ein oberschwäbischer Bauer in die große, weite Welt, kommt in Amsterdam an und bestaunt den Reichtum dieser Schifffahrts- und Handelsmetropole. Als er ein besonders prächtiges Stadtschloss sieht, in einem herrlichen Park mit großer Auffahrt, fragt er einen Vorbeigehenden, wem denn wohl dieses prächtige Anwesen gehöre. Der versteht den Bauern nicht und antwortet auf Holländisch: »Kannitverstan.« Der

Bauer hält diese Antwort für den Namen des Besitzers und denkt: Das muss aber ein reicher, glücklicher Herr sein. Später kommt er am Hafen vorbei, wo gerade eine Kauffahrteiflotte ankommt. Wieder fragt er, wem wohl diese prächtigen Schiffe gehören, wieder bekommt er die Antwort: »Kannitverstan«, und seine Ehrfurcht vor dem reichen Herrn wird größer. Dann gerät er in einen Leichenkondukt. Prächtige Pferde ziehen eine prächtige Trauerkutsche, viele Leute folgen in prächtigen Kleidern diesem Kondukt, und als er fragt, wer denn wohl hier begraben werde, erfährt er: »Kannitverstan.« Da auf einmal ist er mit seinen bescheidenen Verhältnissen ganz einverstanden und im Reinen. Der Tod macht eben alle gleich, das letzte Hemd hat keine Taschen, und Herr Kannitverstan ist »six feet under« genauso reich und arm wie alle anderen Menschen. So erwächst aus Unkenntnis und Missverständnis Lebensweisheit.

In einer zweiten Geschichte besucht eine Fee ein armes Bauernpaar am Oberrhein und sagt ihm, sie hätten drei Wünsche frei, sie sollten sich das Wünschen aber wohl überlegen. Eine Woche lang denken die beiden hin und her, was denn wohl zu wünschen wäre, und als am Sonntag die Frau das Kraut zu dem kargen Mahl hereinträgt, entfährt es ihr: »Jetzt wäre es schön, wenn wir ein paar Würste hätten!« Schwupp! ist der erste Wunsch erfüllt und weg, und der jähzornige Bauer ärgert sich über die vermeintliche Dummheit seiner Frau, sodass ihm der Satz entfährt: »Ich wünschte, die Würste hingen dir an der Nase, du dummes Weib!« Der zweite Wunsch ist perdu, und so muss das Paar den dritten und letzten Wunsch für eine kosmetische Operation verwenden, damit der Frau die Würste von der Nase wegoperiert werden können.

Fortan, so suggeriert Hebel, leben die zwei zufrieden und

wunschlos glücklich. Auch dies eine Geschichte mit einer wunderbaren, sanft satirischen Lehre.

Das zweite Vorbild ist für mich der Wiener Theaterkritiker und Autor Alfred Polgar, der im geliebten Wien wirkte und auf seinem Emigrantenweg die Feststellung traf: »Ich lebe überall ein bisschen ungern.« Von ihm stammt das Feuilleton von der öffentlichen Uhr in einer belebten Wiener Straße, die irgendwann stehengeblieben ist. Und er konstatiert in seiner Glossenweisheit: »Mindestens zweimal am Tag geht die Uhr auch richtig. Man muss nur den richtigen Augenblick erwischen.«

Die Weisheit von Glossen liegt oft in ihrer vorgeschützten Naivität und Dummheit. So ist auch die Frage von Graf Bobby, der ohne Uhr seinen Freund Freddy trifft und den fragt, wie spät es ist. Freddy antwortet: »In zehn Minuten zwölf!« Darauf Bobby: »Ja, in zehn Minuten! Aber jetzt?« So sollten Glossen sein. Sie sollen Fragen, die niemand stellt, scheinbar dumm beantworten und damit ihre Weisheit offenbaren.

Meister des tödlichen Zeitraffers

Zu Zeiten, als man noch zynisch Auszeiten von den Anstrengungen des Gutmenschentums nehmen durfte und nicht pausenlos als erigierter Zeigefinger der Korrektheit durch die moralische Landschaft laufen musste, gab es die Frage nach den drei dünnsten Büchern der Welt. Die drei dünnsten? Na? Und die Antwort hieß: »Das Kochbuch von Bangladesch«, die »Italienischen Heldensagen« und »500 Jahre deutscher Humor«! (Befreiendes Lachen überlegener Selbstironie.) Ja, wir Deutschen und der Humor. Damals bezogen wir unsere Fernsehkomik noch aus dem Abfall der Niederlande. Und Loriot, na ja, der war doch recht bieder-bürgerlich, so Benimmregel-Humor. Trägt man die Nudel rechts oder links im Gesicht beim Heiratsantrag? Jetzt, da wir aus einem Wilhelm-Busch- Jahr heraus (175. Geburtstag) in das andere hineinstolpern (100. Todestag), erinnern wir uns, dass auch dieser dickste Brocken deutschen Humors, dieser Einsiedler und Sonderling, lange als Verströmer spießigen Wohlbehagens verkannt war.

Wir entdecken seine auch maliziöse Größe, die absurde Genialität seiner wilden Reime, die boshafte Quintessenz der Bildergeschichten des Vaters des Comics, ohne den es keinen Traxler, keinen Robert Gernhardt, keinen Heinz Erhardt gäbe. Und kein auf den satirischen Punkt gebrachtes 19. Jahrhundert, als wir aus dem Mittelalter in die technische Moderne krochen. Er hat perfekte Filme dazu gedreht: »Max und Moritz«, »Die fromme Helene«, Filme mit dem Zeichenstift, die die innere subjektive Kamera des Volltrunkenen ebenso beherrschen wie das atemberaubende Zeitraffertempo des Klaviervirtuosen.

Er hat den deutschen Humor mündig gemacht, erwachsen in Lausbubengeschichten, in denen er Kindern, Tieren und edlen Wilden alle kitschige Sentimentalität austrieb. Und sie zu Schrecknissen unserer spießigen Selbstgefälligkeit machte, ein Meister des tödlichen Zeitraffers. »Eins, zwei, drei! Im Sauseschritt läuft die Zeit, wir laufen mit!« Es sind Romane des Alterns in Herzverfettung, Selbstgerechtigkeit und rotnäsiger Einsamkeit. Mit ihnen lässt sich auch auf das neue, das Wilhelm-Busch-Jahr anstoßen. »Rotwein ist für alte Knaben / Eine von den besten Gaben.« Aber auch: »Wer Sorgen hat, hat auch Likör.« Das, da hat er recht, ist ein Brauch von alters her!

Fliege in der Suppe

Normalerweise sagt man mir nach, dass ich keiner Fliege was zuleide tun könnte, dann aber las ich den Neujahrswunsch für das Jahr 2008 von Ex-TV-Pfarrer Jürgen Fliege. Und der geht so: »Ich schlafe bei offenem Fenster, damit ich die Stimme Gottes besser hören kann, um zu erfahren, wo er mich 2008 hinführen möchte. Vielleicht ist die Zeit gekommen, für den wachsenden Hunger nach Lebenssinn, Gotteserfahrung und Spiritualität einen neuen Platz im Fernsehen zu finden. Schließlich hat die Seele genauso viel Hunger wie der Leib mit 1000 Kochshows.«

In der folgenden Nacht ließ auch ich das Fenster offen, obwohl draußen die kälteste Nacht seit der Klimaerwärmung vor Frost (minus 10 Grad) klirrte. Hatte das Klima frei und dafür das Wetter Dienst? Wieder so ein Rätsel, das meinen Magen nach Lebenssinn knurren ließ wie einen Kettenhund.

Schon wollte ich schlotternd kleinmütig das Fenster wieder schließen. Doch da hörte ich Gott, respektive seinen Engel, zu mir sprechen. Und der sagte: »Fürchte dich nicht!« Und dann führte er aus, warum ich keine Angst zu haben brauche, denn einerseits kümmere sich Gott nicht um jeden, mit Verlaub, Fliegenschiss, aber eine Wiederkehr des Fernseh-Pfarrers, der ihn durchs offene Nachtfenster anbettele, ihn als Agentur für Arbeit zu missbrauchen versuche, dies werde er durch die Gremienvertreter aller Kirchen und Religionen zu verhindern wissen. Al-

7. Januar 2008

lenfalls, so fuhr der Engel fort, aber wirklich nur allenfalls, könne er sich für Fliege gerade eine Kochsendung vorstellen, jetzt, wo Kerner auf Koch-Diät gehe. »Fliege in der Suppe« könne die heißen. Dort könne Fliege dann seine Rezepte für das »Heuchler-Süppchen«, den »Falschen Hasen« sowie »Spaghetti à la diavolo« bis zur Ungenießbarkeit erproben.

Und was die fehlende Spiritualität betreffe, so habe Gott als Spiritus Rector dem Geistlichen ein Rezept für ein Getränk durchs offene Fenster empfohlen: »den Pharisäer«. Pro Tasse, die man im Schrank habe, nehme man 2 Teelöffel Zucker, 2 cl Rum, heiße Milch und heißen Kaffee und eine Haube aus Schlagsahne. Die Haube, damit man nichts riecht.

Wo die Raucher Feuer fangen

28. Januar 2008

Es gibt sie, die neuen Außenseiter, die »in« sind, die Smirters. Und sie sind eine besonders finstere, schmuddelige Bande. Kaum haben wir anderen uns das Rauchen mühsam abgewöhnt, auch ihretwegen, um sie nicht passiv zu bedrohen, da machen sie sich in den Theaterpausen und Restaurants scheinheilig an unsere Partner ran. Zwischen Suppe und Hauptgang. Zwischen Hühnerbrust und Dessert. Da stehen sie dann zusammen, im Windfang, pusten sich den Rauch ins Gesicht, bis ihre Augen vor Sehnsucht tränen, husten uns was, die wir drinnen sitzen, im rauchfreien Warmen, und auf sie wirken wie ein Konfirmandenausflug. Sie haben das kribbelnd Verbotene entdeckt, während sie ihre klammen Finger schützend umeinandertun, um sich angeblich Feuer zu geben.

Während wir drinnen, im Rauchverbot, betreten darauf warten, dass sie endlich ihre Zigarette ausgeraucht haben, die wir ihnen mit hochnäsigem Lächeln gewährt haben: Rauch du nur, du musst ja wissen, was du tust. Währenddessen haben sie sich draußen vor der Tür als Ausgestoßene, als Outcasts, verbrüdert, machen sich gemein, indem sie sich gegenseitig vollnebeln, dabei glucksend lächeln wie Kinder, die schulfrei haben, während wir drinnen steif und verlassen herumsitzen, so was von schrecklich brav und gesund, dass uns zum Reden gar nichts mehr einfällt. Und sie, die Raucher, die Unbeherrschten, die Unbelehrbaren. Sie machen einfach draußen rum, fühlen sich wohl, während sie auf ihrer Gesundheit herumtrampeln, als wär's unsere. Sogar den Drink haben sie mit rausgenommen. Und wir, wir sitzen drinnen. »Ich muss drinnen bleiben!« Wie das Hündchen, während das Herrchen Gassi gehen darf.

Gassi, das heißt draußen, das heißt Anarchie, wider den Stachel löcken, rauchen, was das Zeug hält. Sollen die doch drinnen die Gesunden spielen, die Spießer, die Pfahlbürger, die Nichtraucher! Auf die husten wir doch. Aber aus hohler Lunge! Und manch einer drinnen denkt: Haben die sich jetzt draußen verabredet? Auf einen weiteren Zug? Und plappern die, während ihnen der Rauch aus den Nüstern steigt, über uns wie Zurückgebliebene? Ach Gott! Wie langweilig sind die ewig Gesunden. Na denn, prost! Darf ich dir Feuer geben? Ich heiße übrigens Karl-Heinz! Und ich Melanie! Wir sehen uns! Bei der nächsten Rauchpause! Flirten und smoken: eben smirten! Nur was verboten ist, das macht uns scharf!

Der liebestolle Präsident

Jetzt, da die Drehbuchautoren in Hollywood streiken, und zwar immer noch, wer schreibt uns da unsere schönsten Geschichten, unsere Telenovelas, unsere Seifenserien? Die Antwort heißt: das Leben selbst. Persönlich! Es bleibt ihm ja nichts anderes übrig. Also liefert es die Soaps à la »GZSZ« oder »Verbotene Liebe« direkt und ohne Umschweife und Umwege, aber exquisit und exklusiv aus den höchsten Kreisen frei Haus.

Direkt aus dem Élysée-Palast. Held Sarko, auch der »kleine Nick« genannt, versendet sie per SMS, er simst seinen Liebeskummer und seine Liebeslust in die Welt, dass es eine Pracht ist. Eben hatte uns der liebestolle Präsident noch durch seine Blitzversöhnung mit Cécilia mit anschließender Blitzscheidung aufgeregt, dann war er mit Carla Bruni ebenso blitzartig zu Liebesnächten ins Disneyland und nach Jordanien gereist, ja, dorthin, wo ihn Cécilia kürzlich erst mit ihrem Liebhaber, später Verflossenen, inzwischen wieder Künftigen betrogen hatte, den sie auch heiraten will. Und dann hatte er Carla in einem Blitzkrieg und Blitzsieg erobert und geheiratet, man sah die Überglückliche nur noch mit selig geschlossenen Augen an seine kleine, starke Schulter gelehnt. Und jetzt das!

Jetzt wird ruchbar, dass Sarkozy seiner Ex, also Cécilia, kurz vor der Hochzeit eine SMS geschickt habe, eine Woche vor der Heirat mit Carla: »Falls du zurückkommst, sage ich alles ab!« Und das auch noch auf Französisch, wo es noch leidenschaftlicher und feuriger klingt!

Und Cécilia? Sie hat nicht einmal geantwortet! So hat er Carla geheiratet, Knall auf Fall! Und muss jetzt dementieren und klagen, weil ihn sonst Carla verlässt oder betrügt. Oder ihn bittet, eine Atombombe zu zünden. Was sie geil fände, wenn es ihr zuliebe geschähe. Oder sie verlässt ihn. Vielleicht für Berlusconi. Der bald wieder Italien regiert, sich vor Freude neue Haare implantiert und für Carla zur Gitarre greift statt zum Handy und ihr was von verschmähter Liebe komponiert und singt. Auch er weiß ja, wie Sarkozy, wie das ist, von der Ehefrau verlassen zu werden.

Ach Leben! Schreib und dichte weiter! Wir brauchen keine Drehbücher.

Wenn biblische Milde zum Himmel stinkt

Geben ist seliger denn Nehmen, das ist ein Satz aus der Bibel, dem Neuen Testament. So reibt man sich verwundert die Augen und wackelt mit den Ohren, wenn man den Satz sinngemäß aus dem Munde des Staatsanwalts im VW-Prozess hört. Und zwar zur Begründung, warum der frühere Betriebsratschef Klaus Volkert für zwei Jahre und neun Monate ins Gefängnis muss und Hartz, der ihn mit zwei Millionen geködert hat, mit einer milden Bewährungsstrafe davonkommt. Nicht dass einem der korrupte Gewerkschafter, der die Interessen der VW-Beschäftigten gegen flotte Sausen an weißen Stränden mit heißen Frauen verscherbelte, Mitleid abfordern könnte. Er hat genommen, reichlich!

Er hat's verhurt, verfressen, versoffen, und wenn ein solcher bestraft wird, herrscht eitel Freude unter den Zuschauern.

Aber muss er wirklich härter bestraft werden, weil er ein Hurenbock auf Spesen und aus schwarzen Kassen ist, wie der Staatsanwalt gesagt hat? Als Hartz beispielsweise, der nur selten mithurte und das vor seiner Frau und seinem Selbstverständnis so zu verbergen suchte, dass er mit dem Gericht einen Deal machte: Er erzählt alles (über Volkert z. B.), und von seinen Rotlichteskapaden kommt im Gegenzug nix auf den Tisch. Damit er die Zeitungen zu Hause im kleinen Saarland nicht verbrennen muss, bevor seine Frau sie liest.

Aber Geben ist weniger schlimm als Nehmen? Die biblische Milde des Staatsanwalts stinkt zum Himmel. Sind Arbeitgeber seliger als Arbeitnehmer, weil sie dank des vorgerückten Alters sich meist sinnlicher fühlen, wenn sie als Onkel Dagoberts in Liechtensteiner Geldkisten wühlen, während es die flotten Nehmer als Aufsteiger lieber mit Brasilianerinnen treiben? Angeben (Prahlen) ist seliger als Abnehmen (Diät am Safe), das ist wahr. Und Arbeit geben seliger als Arbeit nehmen, kein Zweifel. Aber wenn man »nehmen« durch »gekauft werden« und »geben« durch »kaufen« und »bestechen« ersetzt, müsste dann nicht Hartz härter bestraft werden als Volkert? Hartz hat ihm doch die Millionen nicht spendiert, weil er dessen umtriebigen Trieb so sympathisch fand, aus reiner Lust und Liebe.

Nein, Volkert wurde bestochen, gekauft, zur Marionette gemacht. Das Geschäft hieß Macht gegen Lust, Arbeitgeber-Sex statt Arbeitnehmer-Interessen. Offenbar hat sich der Deal gelohnt.

Ypsilanten unter sich

Durch ein Versehen ist mir vom hessischen Verfassungsschutz ein Schreiben zugespielt worden, das erst Montag nach der SPD-Vorstandssitzung publiziert werden sollte. Ich tue das heute, weil ich der Öffentlichkeit kein Y für ein X vormachen möchte.

Der Verfasser des Schreibens ist Oskar Lafontaine. Der Inhalt der folgende: »Liebe Ex-und-hopp-Genossen, liebe künftige Parteifreunde! Schon einmal habe ich die SPD von einem schwächelnden Vorsitzenden befreit: vom unseligen Scharping. In Mannheim, durch eine flammende Rede. Und weg war er, nicht ohne sich mir auch noch dankbar zu erweisen. Nun ist die Partei noch mehr in Not, vergleiche ich die Lage von Beck mit der von Scharping, so kann ich nur Kempowski zitieren: »Uns ging's ja noch so gold! Damals in Mannheim!« Und einen meiner Nachfolger, Münte, mit den Worten: »Glück auf!« Ich bin der einzige Vorsitzende, der aus freiem Antrieb aus dem Amt schied. Ohne Not und nur weil der scheußliche Schröder mich übertölpeln und von meinen sozialdemokratischen Plänen abbringen wollte. Nun, dieses Problem ist gelöst. Schröder ist in russischen Diensten. Ich könnte die Partei also wieder retten. Als Sanierer, gebt zu, bin ich nicht schlecht. Siehe die PDS, die ich aus ihrem DDR-Dornröschen-Schlaf sozusagen rhetorisch wach geküsst habe. Mit links!

Liebe Genossinnen und Genossen, sagt nicht, dass ich

inzwischen eine andere Partei hätte. Gysi und Bisky, dem Namen nach zwei sogenannte Ypsilanten, wären froh, eine Weile ohne mich die freie demokratische Luft der DDR atmen zu können, ohne kapitalistischen und populistischen Leistungsdruck durch mich. Und bei meiner Wahl zum saarländischen Ministerpräsidenten im nächsten Jahr könnten wir ohnehin den Vereinigungsparteitag in Saarbrücken (statt wie früher in der ehemaligen Hauptstadt der DDR, Berlin) herbeiführen. Hier ist auch die Küche besser.

Übrigens wüsste ich auch für Frau Ypsilanti eine Lösung. Sie könnte dem Beispiel meiner Frau Christa Müller, die früher auch politischen Ehrgeiz entwickelte, in die Mutter- und Hausfrauen- und Oma-Versorgerin-Karriere folgen. Und auch ihr Mann könnte ihr als Einflüsterer dabei behilflich sein. So einfach wäre alles! Und ihr wärt Beck und alle falschen Versprechungen los.«

Wenn der Kuckuck zum Kuckuck geht

Alle Vögel sind schon da, und da fällt einem, passend zur Jahreszeit, das Nest ein; das Vogelnest und überhaupt. Und dass es Nesthocker gibt und Nestflüchter, Nestbeschmutzer, Nesthäkchen und ihre entsprechende Nestlé-Nahrung. Und Nestbauer. Deshalb sangen und juchzten unsere Ahnen die »Csárdásfürstin« unter hormonellem Druck und weil es im Freien oft noch zu kühl war:

»Machen wir's den Schwalben nach, / Bau'n wir uns ein Nest. / Bist du lieb und bist du brav, / halt zu dir ich fest.«

Nur einer, der Kuckuck, ist nach dem Winterurlaub im Süden anders. Nestbauen ist nicht sein Ding. In fremde Nester legt der Aushäusige sein sprichwörtliches Kuckucksei. Er selbst will nicht brüten, er ist kein Stubenhocker, sondern ein Überflieger. Das heißt in Wahrheit, nicht er, sondern sie, die Kuckucksfrau, die Kuckuckin.

Nachdem der gute alte Brehm (1882) berichtet hat, dass der Kuckuck »zierlich und schnell fliegt, viel schreit und ungemein gefräßig ist«, kommt er zur Sache: »Es gibt viel mehr Männchen als Weibchen (5 : 1 bis 15 : 1). Gegen andere Vögel verträglich, verfolgt der Kuckuck seinesgleichen in blinder Wut, weil er in jedem einen Nebenbuhler sieht.« Männerüberschuss-Aggressivität. Man kennt das.

Und das Weibchen? »Hat es sein Kuckucksei untergebracht (es ist dabei nicht wählerisch und benutzt die Nester von 70 Vogelarten), so zieht es auf Liebesabenteuer aus.« Mit lockendem Gesang (Jikikikik) macht das

Weibchen die Männchen an, die in höchster Erregung (»Quawawah«) antworten und hinterherfliegen. Deutschland sucht den Superkuckuck. Eine tolle Jagd beginnt. Alle in Hörweite schreienden Männchen fliegen ebenfalls herbei … Das Weibchen ist oft nicht minder erregt, willig gibt es sich jedem Männchen hin. Schranken der Ehe kennt es eben nicht! Da hat Brehm, Trauring, aber wahr, recht. Doch jetzt ist Schluss mit lustig. Wegen der Klimaerwärmung. Amsel, Drossel, Fink und Star kommen früher nach Hause, und wenn der liederliche Kuckuck heimkehrt, kann er seine Eier nicht mehr unbemerkt in fremde Nester legen. Der Unehrliche ist der Dumme, der Kuckuck der Esel. Weil er zu spät kommt, bestraft ihn die Naturgeschichte: Er geht zum Kuckuck!

Beim Barte des Vorsitzenden

Zuerst dachte ich, es sei eine jener wohlgelaunten, aber wenig durchdachten Äußerungen, wie sie der SPD-Vorsitzende Kurt Beck beim geselligen Beisammensein und Genuss von alkoholfreiem Bier von sich gibt, als er einem Moderator bei der 1.-Mai-Kundgebung in Mainz erklärte, er würde sich »für eine Million Euro für einen guten Zweck« von seinem Bart trennen.

Immerhin aber waren gut tausend Besucher Ohrenzeugen – so viel bringt Beck am 1. Mai offenbar schon wieder auf die Beine! Wow!

Und so erklärte Beck: »Gesagt ist gesagt!«

Nun denke ich, er muss für das graue, schüttere Stoppelfeld auf seinem Gesicht nichts befürchten. Ich meine, eine Million! So viel hätte Merkel weder für die Versteigerung ihres Osloer Ausschnitts noch Heide Simonis für ihren lahmen, aber intriganten Tanzschuh als Ballerina im Dienste der Unicef erzielt. Doch dann steckte man mir zu, dass aus der Umgebung des Beck-Rivalen Steinmeier ein heimliches Angebot erfolgt sei: zwei Millionen, aber nur, wenn an dem Bart der ganze Kopf Becks dranhinge.

Becks Bart ist schon seit geraumer Zeit im Gerede. Seit damals, als er einem unrasierten Arbeitslosen empfahl, sich erst einmal zu kämmen und zu rasieren, dann würde er schon Arbeit finden. Viele in der Öffentlichkeit fragten sich damals, ob denn Beck, unrasiert, wie er wirkte, den eigenen Kriterien entspräche, bis sie aus der Mainzer

Staatskanzlei offiziell belehrt wurden, dass Beck im Gesicht nicht unrasiert, sondern vielmehr Bartträger sei.

In der Partei wird daran erinnert, dass Becks Vorgänger als Kanzlerkandidat und Parteichef, Rudolf Scharping, einen Spitzbart und daher bei den Jusos den Spitznamen »Ziege« trug. Auch er sollte seinen Bart im Bundestagswahlkampf 1994 wohltätig versteigern, sei zumindest erwogen worden.

Scharping legte sein sekundäres Männlichkeitsgeschlechtsmerkmal erst ab, nachdem er als Parteichef gestürzt worden war. Seine selbstbewusste Erklärung als künftiger Graf Pilati: »Der Bart gibt einem Gesicht Profil – das brauche ich jetzt nicht mehr!« Vielleicht will ja auch Beck, der bei 23 Prozent Zustimmung herumdümpelt, sein Profil schärfen. Mit dem Rasiermesser. Man muss nur aufpassen, dass man sich dabei nicht schneidet! Ins eigene Fleisch!

Als Ignaz Wunder der Blitz traf

Jetzt, da die Jahreszeit drückender Hitze und erquickender Gewitter gekommen ist, sollte uns nicht nur Hölderlins herrliche Zeile einfallen, nach der »aus heißer Nacht die kühlenden Blitze fielen«, sondern wir sollten uns auch die Statistik zu Herzen nehmen, dass allein in Deutschland jährlich über 50 Menschen vom Blitz getroffen werden. Neun von zehn Opfern überleben, wenn auch gesundheitlich geschädigt.

So 2005 der Kfz-Mechaniker Ignaz Wunder (nomen est omen), der, zwei Tage nachdem er getroffen worden war, wieder seiner Arbeit nachging. Jedes Jahr wird es Zeit, mit einem deutschen Wunderglauben aufzuräumen, man könnte sich dem Blitz nach einem deutschen Reim-Lexikon entziehen, indem man vor den Eichen weichen, die Buchen suchen, bei den Eiben bleiben und vor Fichten flüchten soll.

In Wirklichkeit kümmern sich Blitze nicht darum. Sie treffen unter allen Bäumen, ohne Ansehen des Reims.

Den Weltrekord im Überleben von Blitzeinschlägen hielt der Parkranger Roy Sullivan, der sieben Blitzschläge in seinen Körper überstand, sich dann jedoch, ach je, aus Liebeskummer 1983 das Leben nahm.

Die Liebe als Blitz, als Gewitterblitz, sie kommt bei Goethes »Werther« vor. Der verliebt sich in Lotte, als sie beide erschauernd ein Gewitter durchs Fenster betrachten und dabei »Klopstock!« seufzen. Klopstock war ein damals beliebter Barde – er ist in Hamburg-Altona begraben –, der das Gewitter als Gottes Schauspiel besang, nachdem er es einmal am Zürcher See besonders wild erlebt hatte.

Auch Goethes Werther endet wie der Waldhüter Sullivan nach dem Liebesgewitter im Selbstmord. Karl Valentin, der unsterbliche Münchner Komiker, besang das Gewitter als Berufsrisiko der alten Rittersleut: »So ein alter Rittersmann / hatte sehr viel Eisen an, / die meisten Ritter, muaß ich sag'n, / hat deshalb der Blitz erschlag'n.«

Heute sitzen die Autofahrer im Blech sicher. Es ist ein Faraday'scher Käfig, auch beim Fliegen.

Dumm nur, wenn ein Blitz dem Flugzeug die Elektronik zerschlägt. Dann sind wir auch nicht besser dran als die alten Rittersleut.

Abgesang in eigener Sache

9. Juni 2008

Wissen Sie, was ein Schwanengesang ist? Nein, nein, kein Namenswitz, überhaupt nicht, auch kein Abgesang auf Hillary Clinton aus gegebenem Anlass.

Es ist falsch, was viele Menschen denken, dass der Schwanengesang auf den »Lohengrin« zurückgeht. Obwohl mein großer Brünner Landsmann, der Opernsänger Leo Slezak, seine Memoiren unter dem Titel »Wann geht der nächste Schwan?« veröffentlichte. Auch gibt es die Geschichte von dem preußischen Offizier – im Witz war er immer ein Banause –, der eine Karte für eine »Lohengrin«-Aufführung erworben und nicht mitbekommen hat, dass es wegen Unpässlichkeit eines Sängers eine Programmänderung gegeben hat: Es wird stattdessen die »Zauberflöte« gegeben. Unruhig rutscht er nach einer halben Stunde auf seinem Sitz hin und her und fragt flüsternd seinen Nachbarn: »Wann kommt denn endlich der Schwan?« Und der flüstert zurück, das sei die »Zauberflöte«. Worauf der Offizier sagt: »Ach, da kann ick ja jehn! Da kenn ick jede Note!« Nein, der Schwanengesang geht auf die griechische Mythologie zurück, wonach die sterbenden Schwäne noch einmal zu einem wunderschönen elegischen Gesang anheben – wie Tschaikowskys Holzbläser und Streicher im »Schwanensee«.

Hier geht es um einen Abgesang in eigener Sache, weil Steve Ballmer, Chef des Software-Giganten Microsoft, vorausgesagt hat, dass es in zehn Jahren keine gedruckten

Zeitungen mehr geben wird – sodass ich in einem bald ausgestorbenen Beruf arbeite, wie schon jetzt der Setzer, Korrektor, Lok-Heizer oder der Erbsenzähler, Zitronenfalter, Ehebrecher. Die Technik siegt über das Handwerk, das Internet über das Papier. Mit Wehmut fällt mir der alles Technische verachtende »Spiegel«-Herausgeber Rudolf Augstein ein, von dem es spöttisch hieß, er glaube noch daran, dass der »Spiegel« vom Storch gebracht werde. Jetzt, da ich in der Zeit-Abseitsfalle sitze, dass Sie heute auf jeden Fall mehr über das Fußballspiel Deutschland gegen Polen wissen als ich jetzt, verstehe ich den Tod auf dem Papier. Aber wer soll denn sonst den Schwanengesang im »Immer-schon-gewusst-Ton« auf die deutsche, respektive polnische Elf anstimmen, der nur auf Papier schön zu lesen ist? Ein tröstlicher Gedanke!

Spargel – einfach galaktisch

Ende Juni gehen üblicherweise zwei Saisons zu Ende: die des Stangenspargels und die der Erdbeere. Der Stangenspargel lebt beziehungsweise vegetiert unterirdisch von Anfang Mai bis zum 24. Juni – wie die Martinsgans entsprechend bis zum 11. November. Bis dato werden beide gestochen. Gleichzeitig mit dem Spargel hat, allerdings im Zweijahresrhythmus, EM- respektive WM-Fußball seine Saison. Sie endet durch Toreschießen oder Elfmeterschießen, wie der Spargel durch das Stechen endet, bevor er zum Schießen kommt.

Denn der weiße Spargel ist im Unterschied zum grünen Verwandten ein lichtscheuer Geselle: Er wird gestochen, ehe er das Licht der Sonne erblicken darf. Die kulinarische Kulturkritik beklagt, dass die saisonale, fein schmeckende Begrenzung durch Flugverkehr und Globalisierung gesprengt zu werden droht – so gibt es Spargel nicht nur exklusiv bis Juni, sondern sogar Weihnachten zur Weihnachtsgans aus Kapstadt oder Chile. Und nicht nur aus Beelitz oder Schwetzingen. Man raubt dem Gemüse auch seine sexuelle, gleichsam aphrodisierende Symbolik; Veronika, der Lenz ist da, der Spargel wächst – und so weiter. Spargel mit Köpfen machen, sozusagen. Sang das Volkslied noch, dass jedes Leben, ach, nur einen Mai habe, gibt es, seit Erdbeeren ganzjährig zu haben sind, einen zweiten Frühling und lebenslänglich einen fröhlichen Lenz – auch wenn die köstlichen Früchte aus Nachbars Garten aus der globalen Nachbarschaft Kalifornien eingeflogen werden oder aus Holland stammen – den ganzjährigen Treibhäusern. Ich sage nur: »Treibhäuser«!

Jetzt kommt es noch besser. Oder schlimmer. Die Marssonde hat zwar noch keine grünen Marsmännchen aufgespürt, aber Erde auf dem Mars. Spargelerde. Die Marsmännchen und Marsweibchen würden, existierten sie, weißen Spargel essen. Das ist die gute Nachricht. Allerdings, und das ist die schlechte Nachricht, ohne den dazugehörigen Erdbeernachtisch. Erdbeeren, so hat die Sonde herausgefunden, gedeihen wegen der starken ultravioletten Strahlung auf dem Mars nicht. Ich fürchte also, dass auch die Marsmenschen, kämen sie ans Licht, von der Sonne gestochen würden, bevor sie in den Frühling schießen. Sie sind also, sollte es sie geben, weiß, nicht grün. Weiß wie Stangenspargel. Das klingt rassistisch, aber der Mars ist ja auch der kriegerische Planet schlechthin, gehauen wie gestochen.

Urlaubsgrüße von Murphy

Jetzt, da die Reise- und Urlaubszeit anhebt und wir abheben (wollen), kommt einem, zwanghaft, wieder Murphys Gesetz in den Sinn.

Wir alle kennen es, denn laut Murphy geht in jeder Situation, in die Menschen verwickelt sind, alles schief, was schiefgehen kann. Wer viel reist, und das auch noch termingerecht, kennt es in etwa so: Immer und jedes Mal ist der Zug verspätet, wenn ich pünktlich und rechtzeitig auf dem Bahnsteig stehe, komme ich aber einmal eine Minute zu spät, ist er auf die Sekunde pünktlich abgefahren. Vor meiner Nase sozusagen.

Oder: Der Taxifahrer, der mich eilig zum Flughafen bringen soll, auf den letzten Drücker, ist ein Schnarchsack, der sich verfährt oder sich in einen Auffahrunfall verwickeln lässt.

Für die Schwerkraft am Frühstückstisch gilt das Gesetz so: Das Marmeladenbrot, das einem aus der Hand fällt, landet immer mit der Erdbeerseite auf dem weißen Flokati. Oder beim Nasebohren an der Ampel. Wer Pech hat, dem bricht der Zeigefinger in der Nase ab. Besonders wenn sich der Fahrer unbeobachtet fühlt von der neben ihm haltenden eleganten Blondine.

Dürrenmatt hat für das Theater die Murphy-Regel abgewandelt: Eine Geschichte ist dann zu Ende erzählt, wenn sie ihre schlimmstmögliche Wendung genommen hat. Roger Cicero besingt Murphy, wenn es ihn eilig zur Geliebten drängt: »Auf dem Weg zu dir standen alle Ampeln auf Rot. Und der einzige freie Parkplatz war im absoluten Halteverbot!« Diese Situation kannte ich auch, früher jedenfalls: Murphys Gesetz.

Heuer, also dieses Jahr, zum Ferienstart, droht uns Murphy kollektiv, als gesamtdeutsche Nation. Ausgerechnet jetzt werden alle ICE-Züge der neuen Bauserie wegen einer Panne zurückgepfiffen. Gegen das, was uns auf Bahnhöfen droht, wirkt wahrscheinlich der Lokführerstreik im letzten Jahr wie ein Osterspaziergang!

Bei der Lufthansa (ich sage nur das hässliche Wort ver.di) drohen Streiks zur Hauptferiensaison. Und wer von Bahn und Airbus aufs Auto in die Staus umsteigen will, der muss (explodierender Benzinpreis zur rechten Zeit) seinen Bausparvertrag vorzeitig kündigen.

Und, um zwei Tüpfelchen aufs Ü zu setzen, auch das Wetter wird nach der Hitzewelle zur Schulzeit feucht, kühl, regnerisch. Und es wird auch noch von Jörg Kachelmann angesagt statt von seiner das Wetter mit anmutigen Dirigierbewegungen aus der Hüfte vom Hoch zum Tief begleitenden Kollegin. Da heißt es sich warm anziehen! Auch wenn dann prompt auf dem Frankfurter Airport – Murphys Gesetz – für die Wartenden sämtliche Klimaanlagen ausfallen.

No, we can't

»Himmelhoch jauchzend, zu Tode betrübt« – dieser Satz Goethes gilt nicht nur für die Amplituden der Liebe, sondern zeigt auch die wechselbadheftigen Ausschläge auf der deutschen Gefühlsskala für die USA.

Während schon die Nennung des Namens Bush (George Dabbel Ju) ausreicht, um konvulsische Zuckungen bei deutschen Gesprächspartnern hervorzurufen und Hassausbrüche gegen die Amis, hat der Charismatiker Obama, Beruf Hoffnungsträger, nur 29 Minuten an der Siegessäule gebraucht, um, wie man so abgegriffen sagt, die Herzen der Deutschen im Sturm zu erobern, die keine US-Fahnen mehr verbrannten, sondern die Sternbannerfähnchen fröhlich im neuen Change-Wind schwenkten. Aus dem »Kreuzige ihn!« (Bush) war ein »Hosianna!« für Obama geworden, den das ZDF in überschäumender Begeisterung sogar zum Muslim machte! Der »FAZ« genügte es nicht, seine Rede im Feuilleton als eine aus dem Herzen kommende zu preisen (die Stimmbänder als Transmissionsriemen der Liebe also), sondern sie verdammte Merkels Redeweise auf der letzten Pressekonferenz als »Vollkaskosprechen«, weil sie sagte, dass man sich nach den Ferien »zusammensetzen« und »zusammenraufen« müsse.

Klar, das sind die üblichen Phrasen aus dem politischen Modellbaukasten. Und Obama? Der nannte, laut »FAZ«, die Dinge beim Namen, »dass die Autos in Boston und die Fabriken in Peking die Polkappen zum Schmelzen bringen«. Na, toll! Das kann man bei Merkel auf jeder Klimakonferenz haben, nur dass Boston dann Sindelfingen heißt oder Wolfsburg. Inzwischen hat Merkel Obamas Wunsch nach mehr deutschen Soldaten in Afghanistan zurückgewiesen – als wär's eine Forderung von Bush, George Dabbel Ju. Die Bundeswehr könne nicht mehr leisten. »No, we can't!« statt »Yes, we can!«.

Jetzt, kurz vor Olympia in Peking, fiel mir ein, dass wir Deutschen und 64 andere westliche Staaten unter der Führung der USA 1980 die Olympischen Spiele in Moskau boykottierten. Grund: der russische Einmarsch in Afghanistan! Man sieht, der jubelnde Ausruf »It's time for a change!« muss von Zeit zu Zeit anders ausgesprochen werden. Ohne Vollkasko oder, wie manche US-Kollegen spotten, ohne »Obambi«.

Potts Blitz

Es gibt die Geschichte vom Tenor, dem der Zahnarzt nach einer langen und schweren Behandlung das Kompliment macht: »Sie waren aber sehr tapfer!«, und der Tenor antwortet: »Ohne Gage kriegen Sie aus mir keinen Ton raus!« Also gut!

In den fünfziger Jahren gab es in Deutschland eine Nachtlokalkette, die hieß »Tabu« und gehörte dem Stiefvater von Romy Schneider, von dem man damals noch nicht wusste, dass er ein schlimmer Finger war. Ich studierte seinerzeit in München. Es gab noch kein BAföG. Und eines Tages las ich, dass das Münchner »Tabu« einen Frank-Sinatra-Wettbewerb veranstaltete.

Sinatra, dachte ich, kenne ich, liebe ich, kann ich! Im Bad beim Singen fühlte ich mich schon lange als ein deutscher Statthalter. Außerdem – das Geld! Und ich kannte das Lied »Man müsste Klavier spielen können, wer Klavier spielt, hat Glück bei den Frauen«.

Das wollte ich auch, ich hatte nicht Klavier, sondern nur Geige gelernt, also dachte ich: Auch Sinatra hat Glück bei den Frauen! Ich sang als Elfter »Night and Day«, hatte zu hoch angesetzt und musste bei der zweiten Zeile kieksend aufhören. Später hat mich meine Familie mit harten Restriktionen vor ähnlich blamablen Gesangsauftritten bewahrt.

Es ist noch kein Meister vom Himmel gefallen, dachte ich resigniert! Über Nacht berühmt wird man nur, wenn man tagsüber hart gearbeitet hat. Jetzt, wo ich aus der Telekom-Werbung erfahren und gehört habe, wie Paul Potts sich in die Herzen der Frauen und in die Gipfel der Charts gesungen hat, mit »Nessun dorma« aus Puccinis »Turandot«, und dessen Legende las – Armer Handy-Verkäufer in schiefem Anzug, pummelig, schlechte Zähne, wird mit einem Song weltberühmt –, dachte ich: Es kann doch ein Meister aus dem Nichts vom Himmel fallen. Einfach so, Potts Blitz! Vom kleinen Verkäufer zum Opern-Gott, der die Frauen zu Tränen rührt, trotz schiefer Zähne, wegen seiner Stimme vom Standbein zum Singbein.

Ganz so einfach gehen Märchen aber nicht. Paul Potts hat schon 1999 einen Talentwettbewerb gewonnen. Von dem Geld leistete er sich eine jahrelange Profiausbildung, bevor er als scheinbar armes Würstchen lossang und als Opernheld dastand. Immer noch Wunder genug. Liebling der Herzen.

Ein Fan hat ihm dazu eine komplette Zahnreparatur spendiert. Sicher hat er dabei, als neuer Star und Profi, keinen Ton von sich gegeben. Jedenfalls nicht mehr ohne Gage!

Nie war Schweigen so poetisch

Man weiß ja, wie so was geht: Wer sich an Tiramisu oder gar Sachertorte überfressen hat, der lechzt nach einem Paprika-Gulasch oder einem malaysischen oder malischen Feuertopf; wer sich '68 an Twiggys knabenhaften Knospenformen delektierte, der erholte sich später bei den üppigen Kurven der Pamela Anderson. Kurz: Wem der biblische Gott in Ägypten eine lange Dürre schickte, der wollte eine kurze Dicke.

In der Begierde verschmachtet Faust nach Genuss und umgekehrt. Schwarz auf weiß, kalt auf heiß. Variatio delectat. Wer die Geschichte kennt, der fürchtet solche Wellenbewegungen: Gestern noch auf stolzen Rossen, heute durch die Brust geschossen. Auf die Revolution folgte die Restauration, auf den wilden Napoleon das brave Biedermeier, auf das von Antithesen zwischen Leben und Tod zerrissene Barock das verspielt tändelnde Rokoko.

In der sogenannten Kulturszene folgen solche Berg-und-Tal-Fahrten blitzschnell. Fuhr man eben noch mit Geländewagen (Hummer oder Cayenne) zur Party, so muss man für die Heimfahrt auf den Smart oder Mini umsteigen.

Und die Bestenliste! Musste man eben noch wissen, wie man Hämorrhoiden schreibt – ja, so –, wie ein Stinkefinger eventuell riecht, so konnte man von einem Tag auf den anderen Verdauungstrakt-Beschreibungen und Inhaltsschilderungen von Bettpfannen vergessen. Statt

Charlotte Roches »Feuchtgebieten« (genau: die am Südpol gelegenen, unterhalb des Äquators der Gürtellinie) war der (Siegfried) Lenz da: auf Platz eins der Bestenliste.

Was für ein Wechsel! In der »Schweigeminute« wird keusch, wenn auch verboten geliebt. Eine tragisch endende Romanze zwischen einem Schüler und seiner Englischlehrerin: »Ohne alle four-letter words steht sie auf Platz eins.« Die zarte Novelle ist keusch geschrieben (das Wort »keusch« bitte notfalls im Fremdwörter-Duden nachschlagen). Sie gehorcht dem Wittgenstein-Satz: Worüber man nicht reden kann, darüber soll man schweigen. Das Buch von Lenz schweigt auf eine sehr poetische Weise. Der Leser kann dieses Schweigen hören. Wie gesagt: ein harter Wechsel. Gänseblümchen statt Sumpfdotterblumen, Strand und Sand statt Schamrasur vor der OP, Frühlingsgemüse statt saurer Kutteln. Alles zu seiner Zeit.

Eine Frau sieht rot-rot

Kurt B. ist ein bodenständiger Mann, der genügend Gewicht mitbringt, um mit beiden Beinen fest auf pfälzischem und rheinhessischem Boden zu stehen, und der genügend Bauch hat, um aus demselben denken zu können. Ein so traditioneller Mann und Landesvater denkt gern in Sprichwörtern und Bauernregeln, als da sind: »Man soll den Tag nicht vor dem Wahlabend loben.« Oder: »Wie gewesen, so zerronnen.« Und so fiel ihm zu Frau Y. nach deren unüberlegtem Koch-Sturzversuch, bei dem die ehemalige Stewardess bruchlandete, die Volksweisheit ein: »Man rennt nicht zweimal mit demselben Kopf gegen dieselbe Wand.« Würde B. in Berlin nicht so fremdeln, hätte er ihr angesichts der fehlenden Mehrheit auch das Sprichwort zurufen können: »Kiek mal ausm Fenster, wenn du keen'n Kopp hast.« Oder: »Versuchen Sie mal, einem nackten Mann in die Tasche zu greifen.« Stattdessen begnügte B. sich nach dem ersten Versuch mit der Fabelweisheit, die da lautet: »Wenn die Katze aus dem Haus ist, tanzen die Mäuse auf dem Tisch.« Der bettlägerige Kater war er, und die Mäuse hörten es nicht gern.

Und so sah Y., wo er eine Wand sah, nur rot. Sogar rot-rot. Aber kühl wollte sie diesmal handeln, überlegt, mit Zeit, mit Postenversprechen hier und Amtszusage da will sie das moderne Soziale herbeikungeln. Und sie, Y., könne eins und eins zusammenzählen, und das nicht nur bis drei. Sie will sich kein X für ein Y vormachen lassen. Aber vielleicht sollte sie angesichts ihres Duldungspartners L. an den Spruch denken: »Die Katze lässt das Mausen nicht.« Vor allem da L. noch eine Rechnung mit der SPD offen hat. Und B. schon im Vorfeld der Präsidentenwahl an die Wand hat fahren lassen, statt duldende Toleranz zu zeigen. An die Wand, wo Y. keine sieht. In einer geheimen Wahl sollte man, auch das weiß der Volksmund, die Rechnung nicht ohne den Wirt machen und ohne den Wirt den Koch nicht zum Kellner. Und dass am Schluss abgerechnet wird. Und dass L. ihr vielleicht keinen Sieg in Gönnerlaune schenken will, den er ihr im März links geklaut hatte. Er, L., kann sich ausrechnen, was ihm mehr bringt und ihr mehr schadet.

Und noch ein letztes Sprichwort soll sein: »Der Wähler an der Wand wählt seine eigene Schand.« Manchmal sieht man aber die Wand vor lauter Träumen nicht – siehe Simonis.

Im Urlaub mit Mozart

Während wir am Fließband im Flughafen von Nizza auf unsere Koffer warten und die meisten anderen Passagiere beglückt ächzend mit ihren Gepäckstücken abziehen, versuche ich mich zu trösten und zur Stoik zu erziehen. Mozart hat Tage in holpriger Kutsche durch klirrendes Eis und sengende Hitze verbracht und sich den Hintern wund gescheuert, bevor er in den Süden kam, und du fängst nach drei Stunden von Hamburg via Düsseldorf zu schwitzen und zu maulen an, weil dein Gepäck nicht kommt! Sei dankbar für den Fortschritt, den Billigflug, das gebuchte Ferienglück! Es hilft nichts. Der Koffer kommt nicht. Kein Trost im Vergleich mit Mozart. Weder Wunder noch Kind. Im Gegenteil. Ich versuche es empirisch. Auch die Frau neben mir wartet. Ist sie auch aus Hamburg und in Düsseldorf umgestiegen? Im Gegenteil. Sie kommt aus Nürnberg. Und die Dame mit dem kühnen, weißen, geschwungenen Hut? Nein, das sei ihr Koffer, sie zeigt auf den weißen, der zum vierten Mal einsam, mit rotem Band, an uns vorbeikreist.

Ich lasse mir doch den Ferienspaß nicht verderben. Ich doch nicht. Neulich, ja, das war schlimm. Als mein Vortrag, den ich halten sollte, drei Tage verschwunden war. Ich da, der Koffer weg. Die Fluggesellschaft bezahlte mir Unterwäsche und eine Hose, Socken und Deo. Aber halt mal einen Vortrag in Socken und Deo, wenn du kein Manuskript hast. Ein anderes Mal hatte der Flug eine Stunde zehn Minuten gedauert. Eine Stunde elf Minuten hatte ich auf mein Gepäck gewartet.

Dieses Mal hatte ich eine Schwester und einen Schwager. Zum Leihwagen gingen wir beschwingt, meine Frau und ich. Jeder Nachteil hat einen Vorteil. Der Vorteil war: Wir hatten, vorübergehend, kein Gepäck. Durch die Hitze gingen wir leicht wie die Gazellen. Unbeschwert. Meine Schwester empfing mich mit einem Set Zahnbürsten. Ich durfte mir eine nagelneue blaue aussuchen. Meines Schwagers Hemden und Freizeithosen standen mir bestens. Du siehst besser aus als in den eigenen Klamotten, sagte meine Frau. Natürlich passten mir auch die Socken. Als zwei Tage später die Koffer kamen, war ich sogar ein bisschen wehmütig. Auch darüber, dass ich meine Bücher, meine Ferienlektüre, immer noch nicht hatte. Da war aber die Fluggesellschaft nicht dran schuld. Die hatte ich beim Packen in Hamburg vergessen.

Bayerische Rauchzeichen

»Ich kann meine Eltern nicht leiden: Vater Staat und Mutter Natur!« Dieser widerborstige Spruch stammt von dem fast bajuwarischen Dichter Günter Eich. Und so einen Satz kann eigentlich nur einer gesagt haben, der Papa und Mama »im Grunde seines Herzens« lieb hat, den sie aber nerven, wenn sie ihm ihre Autorität unmissverständlich, notfalls mit dem Rohrstock, beweisen. Irgendwann jedenfalls glaubt man, dass man selber erwachsen genug wäre, um selber zu entscheiden, was man isst, trinkt und treibt.

Die Bayern fühlen sich als Kinder des Staates, und der Vater, das war die CSU, ein Papa mit absoluter Mehrheit also, der seine absolutistischen Gelüste hinter jovialer Gönnerhaftigkeit verbarg. Mit seinen ihn stetig wählenden Untertanen, die sich im Wirtshaus, auf der Wiesn und auch in der Ehe als randalierende Rebellen aufführen durften, was in Bayern »a Gaudi« heißt, verkehrte er über liebesüberschäumende Aschermittwochsreden (»Mir san mir!«) und indem er den Holzhammer gegen das Bierfass schwang: O'zapft is'!

Doch plötzlich, wie ein väterlicher Blitz aus heiterem Himmel, wollte Papa andere Saiten aufziehen. Er wollte, dass seine Kinder vernünftig und gesund lebten. Er wollte ihnen das Rauchen (»Ich tue es ja nur zu deinem Besten«) verbieten.

Da war der Staat, da war Papa aber schief gewickelt. Die Wirtshäuser, die Kegelbahnen, Hinterstuben, die Seele der politischen Kommunikation zwischen Bürger und Partei, wurden ausgeräuchert. Ein unverschämter Übergriff, eine Aufkündigung der Münchner Freiheit. Nix Pendlerpauschale, Schulreform, Stoibersturz – das Rauchen hat die CSU die Mehrheit gekostet, das schlug dem Fass die Krone ins Gesicht. Im Wirtshaus wollten die längst erwachsenen Kinder trotzig selber entscheiden, was gesund ist. Zwei Maß ja, eine Zigarette nein? Lächerlich. Amtsanmaßung! Weder wegen Rot, Grün, Gelb wurde die CSU gedeckelt. Nein, vor allem wegen des blauen Dunstes. Wie will man sich richtig besaufen, wenn man dazu nicht rauchen darf? Das bayerische Landleben ein Kindergeburtstag mit Schokoladenzigaretten. Nicht mit uns! Der Nachbar Oettinger, Ministerpräsident von Baden-Württemberg, hat es dem CDU-Vorstand in Berlin feixend geschildert: Auf dem Oktoberfest hätten sogar Nichtraucher aus Protest gegen die CSU wieder geraucht! So kann's gehen, wenn Papa in der Gaststube das Rauchen verbietet. Da geht man in die Scheune rauchen. Auch wenn man die damit abfackelt. Selber schuld!

Thukydides auf dem Klo

Peter Sodann war als Leipziger »Tatort«-Kommissar Ehrlicher eine erfreuliche TV-Variante des guten alten Volksschauspielers, der die Gewitztheit und dumpfe List eines Kleinbürgers verkörpert, ein sächsischer Datterich, der sich ins Dickicht des Dialekts zurückzieht, von wo aus er grantelt und bruddelt, Liebe als ein Bier- und Bratkartoffelverhältnis in der abendlichen Stampe vollzieht und den Neureichen mit seiner Bauernschläue auf die kriminellen Schliche kommt.

Man konnte sich vorstellen, dass ein solcher Schauspieler mit Schwejk-Zügen nach Drehschluss – oder wenn die Theatervorstellung zu Ende ist – in den Kneipen der realen Welt in ein dumpfes Stammtisch-Räsonieren (in der DDR »war auch nicht alles schlecht«! Und: »Demokratie im Westen, dass ich nicht lache!«) verfällt, das vor spießiger Selbstgenügsamkeit und Wehleidigkeit eines alten, in jeder Hinsicht zu kurz gekommenen Mannes trieft. Macht man so einen zum Kandidaten für das Bundespräsidentenamt, wird's heikel, weil der dann sein Stammtisch-Bramarbasieren für kernige Volksstimme hält.

Bush? Würde er nie besuchen. Ackermann? Würde er mit gezückter Pistole eigenhändig als Kommissar verhaften! Der Papst? Dem würde er die Leviten lesen, dass er die Kriegstreiber in der Welt nicht beim Namen nennt. Die Bundesrepublik, deren Präsident er werden möchte? »Ist keine Demokratie!« Und könne sich »von der DDR etwas abschneiden«. Seine selbstzufriedene Lebensphilosophie lautet, etwas altmännerhaft unappetitlich: Er setze sich jeden Morgen mit einem gelösten Kreuzworträtsel aufs Klo, weil er den Tag gern mit zwei Erfolgserlebnissen beginne. Das ist der sächsische Humor, der in Krisen »die Gacke am Dampfen« sieht. Sodann spricht, wie ihm der Schnabel in der DDR verwachsen ist. Alle Sodann-Sprüche (wehe, wenn sie losgelassen) müssten selbst dem hartgesottensten Linken kalte Schauer über den Rücken jagen. Aber sie brauchen ihn, als Kandidaten, und so entblödet sich Lafontaine nicht, der sich für nichts zu schade ist, wenn es seinem Kalkül dient, derartige Kannegießereien mit dem berühmtesten Historiker der griechischen Antike zu vergleichen: »Im Gegensatz zu seinen Kritikern ist Peter Sodann gebildet. Als Theatermann kennt er seinen Thukydides.«

Ham Se's nicht 'ne Nummer kleiner? Lafontaine ist zynisch genug, Derartiges ohne Grinsen und ohne Erröten vorzutragen. Er braucht Sodann – bis zur Bundespräsidentenwahl. Um sich an Gesine Schwan zu rächen (sie hat ihn als hemmungslosen Populisten beschrieben) und um die SPD wieder einmal vorzuführen und zu demütigen. Vielleicht sollte Ypsilanti vor ihrem Tigerritt sich vor der bräsigen Hinterlist Lafontaines wenigstens ein wenig gruseln.

Das Phänomen Weißer Hirsch

Dresden, das in der europäischen Kulturgeschichte seinen Beinamen Elb-Florenz erhobenen Hauptes und ohne Angst vor jedem Vergleich tragen konnte, war in der Tat eine der europäischen Kulturhauptstädte wie Prag oder Petersburg, wie Wien oder Venedig. Eine Schatzkammer der Musen und der Musik, die Kultur lebte.

Umso schrecklicher, dass es im Bombenhagel 1945 dem Untergang geweiht schien – neben Hiroshima, Warschau und Auschwitz ein apokalyptisches Symbol der Zerstörungswut einer entfesselten Kriegsmaschinerie, in der deutschen Geschichte nur vergleichbar mit dem Schicksal Magdeburgs im Dreißigjährigen Krieg. Übrigens hatte der preußische Friedrich, sonst der Große genannt, auch schon Verwüstungen in Dresden angerichtet. Nach 1945 wurde Dresden wie ganz Sachsen dem Ostblock und der DDR zugeschlagen und lag im sogenannten Tal der Ahnungslosen – das heißt: Das Westfernsehen erreichte die Elbflorentiner nicht. Die Wiedervereinigung kam buchstäblich in letzter Minute, weil Dresdens Bausubstanz, von wenigen Ausnahmen wie dem Zwinger und der Semper-Oper abgesehen, auf ewig zu versinken drohte.

Umso erstaunlicher, dass sich in Dresden, nah an der Ostgrenze und weit vom Westen, ein Bildungsbürgertum bewahrt hatte, das in der Kultur den Schutz und Grund zum Weiterleben suchte und fand, ein einmaliges Phänomen. Um den »Weißen Hirsch« lebten Mediziner, Gelehrte, Wissenschaftler, Musiker und Künstler, wie es das in dieser bewundernswerten Beharrungskraft nirgends in der DDR und kaum in Westdeutschland gab, ein Bürgertum, das dem Sog der Moderne im Guten wie im weniger Guten ausgesetzt war. In dieser Welt, in diesem Kulturbiotop spielt Uwe Tellkamps Roman »Der Turm«, der mit imponierender Akribie und unendlicher Geduld das Leben einer Stadt beschwört, wie es in der deutschen Literatur eigentlich nur Fontane für Berlin und Thomas Mann für Lübeck geleistet haben. Ein altertümlicher Roman? Eher ein zeitloses Wunder! Und was noch wunderlicher, aber wunderbar ist: Der Dresden-Roman, der auf die neugierige Geduld ausgeruhter Leser angewiesen ist, steht ganz oben auf den Belletristik-Bestsellerlisten. Deutschland im Tal der Wissbegierigen!

Wir humorlos? Das verbitte ich mir!

Vor vielen Jahren, als in Europa allmählich alles zusammenwuchs, was nicht zusammengehörte, erlebte ich in einem Flughafen-Café folgenden Dialog. Da stürzte eines Morgens ein kräftiger deutscher Mann entschlossen vor seiner Frau ins Café, sah an zehn Tischen zehn Menschen sitzen, getrennt versteht sich, und sagte, verächtlich schnaubend: »Typisch deutsch. Zehn Tische und zehn Deutsche und jeder für sich allein am Tisch!« Und seine zierliche Frau antwortete in unverkennbar gutturalem Österreichisch: »Bei uns wär dös anders!« »Ja«, trompetete der Mann, »auch wieder typisch!«

Soeben ist ein Buch über »Piefkes, Krauts und andere Deutsche« von Andrea und Martin Schöb erschienen. Untertitel: »Was die Welt von uns hält«. Und es führt alle Klischees in »Top Ten«-Listung auf, die über uns Deutsche bestehen, also das typisch Deutsche. Die ersten fünf National(un)tugenden lauten: 1. Pflichtbewusstsein, 2. Organisationsvermögen, 3. Humorlosigkeit, 4. Ordnungssinn, 5. Pünktlichkeit.

Gut! Aber jetzt, da Loriot seinen 85. Geburtstag gefeiert hat, hat Joachim Kaiser in seinem Vorwort zum neuen Band mit Loriots Bildergeschichten in Prosa den betrübten Satz geschrieben: »Wir Deutschen haben keinen Humor! Die Welt weiß es, und wir bejammern es!« Mir kommt der Witz von den drei dünnsten Büchern der Welt in den Sinn, den die Piefke-Autoren auch zitieren, wenn auch verkürzt, weil seine Originalversion noch ziemlich viele Nachkriegsvorurteile mit sich schleppt. Die drei dünnsten Bücher? Also: »Das Kochbuch von Bangladesch«, »Italienische Heldensagen« und »500 Jahre deutscher Humor«!

Wenn auch Joachim Kaiser dieses Klischee aufwärmt, um – ausgerechnet – zwei Bände einzuleiten, die Loriots Humor auf sage und schreibe 1500 Seiten versammeln – allein Loriots Humor! –, so ist das, möchte ich bierernst und kritisch sagen, ziemlich humorlos! Und ich verbitte mir das im Namen des deutschen Humors aufs allerschärfste! Ich weiß es besser! Dank Loriot. Und weil ich es sowieso besser weiß!

Übrigens ist, so das Buch über typisch Deutsches, Nummer 10 der Deutsch-Klischees die »Besserwisserei«. In vielen europäischen Sprachen ist das typische Fremdwort dafür: »Besserwisser«. So wie früher Blitzkrieg. Stimmt. Und hatten wir nicht nach der Wiedervereinigung den »Besserwessi«? Ein Parallelfall zum »Besserverdiener«. Der aber leider zurzeit ausstirbt! An Geld- und Humormangel.

Mutter Tussi im Teutoburger Wald

Das Jahr 2009 wird es, wenn es zu Ende geht, in sich gehabt haben. Historische Marksteine, wohin das Auge fällt. 60 Jahre Bundesrepublik, 20 Jahre Maueröffnung, 70 Jahre seit Ausbruch des Zweiten Weltkriegs. Vor allem aber: Seit der Hermannsschlacht im Jahre 09 sind 2000 Jahre vergangen. Wir erinnern uns, Tacitus. »Varus, Varus! Gib mir meine Legionen wieder!« Teutoburger Wald. Lieder wie: »Als die Römer frech geworden, zogen sie nach Deutschlands Norden!« Hätte Hermann verloren, sprächen wir heute alle Französisch oder Rätoromanisch, weshalb Luther den Urvater der Deutschen, Arminius, den »dux belli«, zum Hermann machte, Heer-mann!

Ob die Schlacht wirklich in der Nähe des heutigen Hermannsschlacht-Denkmals stattfand, ist unsicher. Man neigt (nachdem auch schon Meißen, Augsburg, Straßburg, Frankfurt, Duisburg und Mainz im Rennen waren) heute zu Kalkriese, weil man dort römische Schleuderbleie, von Varus geprägte Münzen und sonstige Kriegsspuren fand. Kalkriese bei Osnabrück! Sei's drum.

Ob die Römer damals endgültig besiegt wurden, ist fraglich. Der Geograph Strabon jedenfalls berichtet im Jahr 20 nach Christus, dass im Jahr 17 Thusnelda, die Gattin des Cheruskerfürsten, zusammen mit ihrem Sohn in Ketten im Triumphzug für Germanicus durch Rom geführt wurde.

Da spätestens wurde RTL hellhörig. Wäre das nicht der

ideale Weihnachtsdreiteiler für 2009 mit Veronica Ferres? Unter dem Titel »Mutter Tussi«. Wie sie ihren Sohn aus den Ketten loseist, indem sie den 60-jährigen Kaiser Tiberius (Mario Adorf) blondlockig und germanisch blauäugig becirct. Nachdem sie, vorbei an den Wachtürmen des Limes (heute Weißwurstäquator), zu dem Entführten vorgedrungen war, der in einem Elefantenrennen über die Alpen ein römisches Wurfgerät für seinen Vater geschmuggelt hatte und, vom lateinischen Geheimdienst gekidnappt, nach Rom gebracht und zum großen Latinum verurteilt worden war. An die Wände des Limes hatten er und seine Mutter »Vare! Ite domum!« (Varus go home) gesprayt. Am Schluss schließt Hermann (Heino Ferch), der Thusnelda nur aus Kriegslist mit der Tochter des Galliers Vercingetorix (Jessica Schwarz) betrogen hat, seine tapfere Frau und seinen Sohn in die Arme und sagt zu ihr, und zwar nicht auf Lateinisch, sondern auf Althochdeutsch und zärtlich: »Meine Tussi!«

Und dann beginnt das Feuerwerk am Brandenburger Tor.

In meinem Topf schmort ein Verdacht

Der Januar ist der Monat der guten Vorsätze und der dementsprechenden Kompensationswünsche: Man gönnt sich ja sonst nichts! Ich hab mir also vorgenommen, weniger zu essen. Fasten. Ich kam mir dabei keineswegs originell vor. Bloß vernünftig. Keine Kekse im Haus. Kein fettes Fleisch beim Einkauf. Kein … ich weiß nicht, was alles kein.

Andererseits kaufte ich mir schon am 5. Januar einen neuen gusseisernen Schmortopf. Für all die Braten, die da in üppigen Saucen weich würden, wenn ich ihn wieder würde verwenden dürfen. Beim alten, der Jahrzehnte auf dem Buckel (der Buckel heißt beim Topf Deckel) hatte, war auf dem Deckel eine Schraube locker, der Kunststoffgriff war aufgebrochen. Und während ich dachte, alter Freund, so geht's mit den Jahrzehnten, machte ich mich auf den Weg zu einem Küchenladen, der einen flammenden italienischen Namen (oder war es Französisch oder Küchenlatein?) trug und in dem es Pfeffermühlen gab, die beim Mahlen die Speisen mit Scheinwerfern anstrahlen und die Marseillaise erklingen lassen.

Ich fragte den mir fast ausschließlich zur Verfügung stehenden Chefverkäufer nach der führenden Marke C, einem französischen Fabrikat mit flammend rot-gelb emaillierter Außenwand. Natürlich führen wir den, sagte der Verkäufer mit einer Verbeugung, im Prinzip jedenfalls, und dass die exzellent seien, ohne Frage! Dennoch würde er mir das Modell F empfehlen. Auch aus dem Elsass, aber ohne Umweg über die USA. Daher kostengünstiger! Außerdem, sehen Sie, können Sie auch in die Mulde im Deckel Wasser eingießen. Und – er drehte den schwarzen, schweren Deckel um – innen sind Kondensnoppen, so tropfen Wasserblasen auf den Schmorbraten zurück.

Ich kaufte den Schmortopf und ärgerte mich draußen. Hatte der Verkäufer das Gespräch nicht ähnlich geführt wie der Vertreter der Bank meines Vertrauens, als ich Bundesanleihen erwerben wollte und sie mir einen »todsicheren« Mix aus Immobilienaktien, Derivaten und Verschreibungen angedreht hatten? Die Bank tat es angeblich »aus Leidenschaft«, wenigstens keine, die sich stolz »die Beraterbank« nannte!

Nicht einmal aus Taktgründen waren sie im Gespräch mit mir vor dem Wort »idiotensicher« zurückgeschreckt. War ich jetzt wieder über den Kochlöffel balbiert worden? Ich starrte den Topf feindselig an, als wäre er von Lehman Brothers. Würde er beim ersten Schmoren zu Asche zusammenfallen?

Das Spiel gegen die Bank

Spielen Sie Blackjack? Das Spiel, in dem Sie gegen die Bank (in diesem Fall nicht gegen die Deutsche, sondern eine Spielbank) als Spieler den doppelten Einsatz gewinnen, wenn Sie mit zwei oder mehr Karten 21 Augen erreichen, wobei das Ass im französischen Blatt eins oder 11 zählt. Es genügt, die höhere Augenzahl gegen die Bank zu haben, die mindestens 17 Augen vorlegen muss. Die Bank im Spielkasino, die maximal gegen sieben Spieler antritt, verteilt je eine Karte, deckt ihre dabei immer auf. Sie kaufen noch, bis Sie 21 Augen haben. Aber Vorsicht, wenn Sie sich überreizen, sind Sie »tot«. Ihr Einsatz verfällt.

In Olims Zeiten, als das Spiel noch »17 und 4« hieß, war es am französischen Hof oder in gelangweilten Offiziersrunden an der galizischen Grenze (bei Joseph Roth) en vogue, die dabei Hab und Gut und Ehre verspielten, die sie verpfändet hatten: Sie zahlten mit ungedeckten Schuldscheinen, spekulierten auf eine Erbschaft oder auf eine Braut, die Tochter eines Bankiers war. Und schossen sich dann, bei Nichtgewinn, wie in Monte Carlo, Travemünde oder Baden-Baden, bei den Kasino-Friedhöfen eine Kugel in den Kopf. Auf eigene Rechnung. Blackjack ist ein Spiel für Spieler, die über mathematisches Genie (Wahrscheinlichkeitsrechnung), Spielmut, Spielerfahrung und Risikoabwägung verfügen und dazwischen blitzschnell und strategisch gescheit kombinieren können.

Es gibt das kultische Lehrbuch »Beat the Dealer!«

(Schlag die Bank) des Mathematikprofessors E. O. Thorp, mit dem Glücksspieler durch die Kasinos dieser Welt tingeln.

Warum erzähle ich Ihnen das? Weil der aus Brooklyn stammende Boaz Weinstein in jungen Jahren in einem Blackjack-Turnier einen von Warren Buffett, dem reichsten Mann der Welt (immer noch?), ausgelobten Maserati gewann.

Anschließend wurde er der Starhändler der Deutschen Bank in New York, verdiente, noch keine 35 Jahre alt, 40 Millionen Dollar im Jahr (mehr als sein Chef Ackermann), gewann erst für die Bank hohe Renditen. Und verzockte schließlich als einer der beiden Kreditchefs des globalen Geldhandels der Deutschen Bank 1,6 Milliarden Dollar, Geld, das weder der Deutschen Bank noch ihm gehörte. Er hat inzwischen einen eigenen Hedgefonds, und die Bank, verlassen von seiner Zockerleidenschaft, hat die Schulden. Vielleicht sollten Sie Ihren Sohn oder Ihre Tochter Blackjack studieren lassen! Für die Zukunft!

Zatopek und die Abwrackprämie

In Tschechien ist er ein Nationalheld, eine Sportlegende, ein immerwährendes Idol: der Leichtathlet und Langstreckenläufer Emil Zatopek. Dieser außerordentliche, ja einmalige Läufer nahm von 1948 bis 1956 an drei Olympischen Spielen teil und gewann vier Goldmedaillen; über 10 000 Meter, über 5000 Meter und im Marathonlauf.

Der kleine, eher drahtig als athletisch wirkende Sportler mit schütterem Haar blieb von 1949 bis 1952 in 69 Rennen in Folge unbesiegt und lief in dieser Zeit bis 1955 dreizehn Weltrekorde. Zatopek, der im Jahr 2000 starb, hatte wahrlich ein großes Herz, bildlich gesprochen und tatsächlich. Ein Kämpferherz, einen sich selbst nie schonenden Siegeswillen und eine eiserne Disziplin, bei der sich ein eher schmächtiger Mann für seine Siege selbst besiegte, die er glücklich mit einem ausgemergelten Lächeln gewann.

Natürlich braucht man dazu ein unnatürlich großes Herz, das er sich antrainierte, damit es die nötigen roten Blutkörperchen in seine Blutbahnen pumpte. Der gebürtige Mährer verfügte über einen gewaltigen menschlichen Verbrennungsmotor. Als er aufhören wollte zu laufen, durfte und konnte er das nicht, weil er sonst kollabiert wäre. Der allzu wörtlich genommene Ruhestand wäre sein Tod gewesen.

Zatopek ist mir jetzt eingefallen, nicht weil er ein Jubiläum hätte. Nein, wegen der Abwrackprämie, die den gewaltigen Kreislauf der Autoindustrie weiter auf den nötigen Hochtouren aus der Krise pumpen und vor dem Infarkt bewahren soll.

So sehr ist diese Abwrackprämie nötig, dass Bundesarbeitsminister Olaf Scholz diese auch für Hartz-IV-Empfänger fordert. Das klingt absurd, oder? Und wenn die Arbeitnehmer von Frau Schaeffler in Herzogenaurach (wo merkwürdigerweise auch das Herz der Sport- und Laufschuhindustrie von Puma und Adidas pulsiert) jetzt die Regierung auffordern, der Milliardärin mit Milliarden unter die Arme zu greifen, nachdem sie ein zu großes Rad drehte, ein hypertrophes Rennen laufen wollte, dann ist das auch wie bei Zatopek.

Wir Exportweltmeister können nach Jahren der Rekorde nicht langsamer laufen, weil auch uns der Infarkt droht, die Gefahr, zu kollabieren. Schneller, weiter, höher – um nicht tot umzufallen, müssen wir weiterrasen, notfalls mit Blutzufuhrspritze von der Regierung.

Auch unsere Wirtschaft hat ein hypertrophes Herz.

Schöner Gigolo, armer Gigolo?

Von heute an steht in München ein Frauenflüsterer, Herzensbrecher, professioneller Kurschatten und mutmaßlicher Erpresser vor Gericht, dessen Beruf in den meisten Berichten als »Gigolo« angegeben wird.

Was ist das, ein »Gigolo«? Und gibt es diesen Beruf überhaupt noch, der nach dem Ersten Weltkrieg und in der großen Depression von 1929 entstand und über den es einen schönen Schlager gab: »Schöner Gigolo, armer Gigolo, denke nicht mehr an die Zeiten, wo du als Husar, goldverschnürt sogar, konntest durch die Straßen reiten. Uniform passé, Liebchen sagt Adieu! Schöne Welt, du gingst in Fransen! Wenn das Herz dir auch bricht, zeig ein lachendes Gesicht. Man zahlt, und du musst tanzen!«

Das war also zu der Zeit, als die Karrieren der Rittmeister und Husarenleutnants nach dem verlorenen Krieg und die der jungen Reichen in der Wirtschaftsdepression zerbrachen. Sie wurden Gigolos, das heißt, sie verdienten ihr Geld mit guten Manieren und ihrer Unterhaltungs- und Tanzkunst auf den Tanztees der einsamen Herzen, wo sie in eleganten Hotels, etwa dem »Adlon« in Berlin, reiche Witwen und vom Ehemann Vernachlässigte beim Tanzen umschmiegten und mit eleganter Konversation umschmeichelten.

Ein Beruf in schummrigem Zwielicht. Der junge Billy Wilder, Reporter bei der »BZ«, hat ihn eine gewisse Zeit im Hotel »Eden« ausgeübt, teils weil er Hunger hatte, teils weil er danach eine (glänzend gelungene) Reportage über Tanzen, Geldschnorren und Lieben schreiben wollte. Seine Gigolo-Erfahrungen schlugen sich in dem Film »Sunset Boulevard« nieder, wo ein junger Drehbuchschreiber (William Holden) zum Gigolo eines alternden Stummfilmstars avanciert – als Mann für gewisse Stunden. 1980 spielte Richard Gere den »American Gigolo« in Armani-Chic und mit Sportwagen-Eleganz, der zum edlen Ritter für seine herbstlich-schöne Kundin wird – aus Diskretion für die Gattin eines hohen Politikers.

Der jetzt angeklagte Gigolo stammt ausgerechnet aus der Schweiz, deren Womanizer-Charme bis dato eher aus dem Bankgeheimnis bestand und der gurgligen Aussprache von Bergführern und Skilehrern. Auch seine Konversation wie seine Manieren entpuppten sich als löchriger Käse, er verglich sich, als er vom Süßholzraspeln zur Erpressung überging am Telefon, mit einem ins Klo geworfenen Präservativ.

Auf Teufel komm raus!

30. März 2009

Dieser Tage habe ich eine Kontaktanzeige gelesen, vielleicht auch nur geträumt, in der ein junger Mann eine junge Frau finden wollte: »Suche junge Frau, Alter und Aussehen gleichgültig, da Idealist, mit neun Jahre altem Auto, zwecks gemeinsamer Abwrackprämie und anschließendem Erwerb eines Toyota, mit dem wir am Meer bzw. im Mittelgebirge schöne Stunden im Stau und vorgeblich im Dienste der deutschen Autoindustrie genießen können. Solange vor der Wahl noch abgewrackt wird. Stichwort: ›Auf Teufel komm raus!‹«

Da fiel mir älterem Mitbürger die Zeit ein, als der Kapitalismus noch jung war und in seiner Sünden Maienblüte strotzte: die Geschichte vom ewigen Streichholz etwa, das die schwedische Schwefel- und Holzindustrie im Safe weggesperrt hatte, ebenso wie das Patent der ewigen Glühlampe und der nahtlosen Unterhose. Ich – es war genau vor 60 Jahren – brach aus der Bezugsscheinwelt in die freie und soziale Marktwirtschaft auf. Es war meine schönste Zeit. Da habe ich einen Chefingenieur von Bauknecht oder Miele kennengelernt, der Kühlschränke erfand und mir erzählte, das einzige Problem sei, dass die Geräte praktisch unkaputtbar wären: »Hunde, wollt ihr ewig leben!«

Inzwischen weiß ich, wovon er sprach, denn in meinem Keller steht im dunklen Winkel ein alter Bosch (Gruß an Axel Hacke!), in dem Bier, Wasser und Weißwein gekühlt ihrer Bestimmung entgegenbrummen. Meine Frau hat ihn vor 30 Jahren in unsere dank ihrer robusten Geduld ebenso haltbare Beziehung eingebracht. Natürlich gibt es inzwischen Neuerungen, Kühlschränke, die singen und tanzen und Bofrost, Butter und Bier automatisch nachbestellen. Da wir dennoch nicht genug verbrauchen, hat die Regierung die Sache an sich gerissen und gibt uns das Geld wieder, das sie uns mit Steuern abgenommen hat, wenn wir nur neu kaufen, abwracken (alles außer uns selbst). Geld auf Pump. Ablasshandel als künftiges Credo.

Jetzt hat, es ist bald Wahl im Saarland, dessen Ministerpräsident vorgeschlagen, dass Kurzarbeiter auch ihre Schulden auf Staatsgarantie neu verschulden können. Bei den Banken, die auch von ihren Schulden entschuldet werden.

Um des lieben Friedens willen?

Im jüngsten »Zeit-Magazin«, dem vom 2. April 2009, ist ein ausführliches Interview mit dem bisher letzten Altkanzler, mit Gerhard Schröder, zu lesen, von dem man sofort weiß: Das ist ein historisches Dokument und Psychogramm einer zeitgeschichtlichen Figur von größerer Qualität und Aussagekraft als seine hastig dem Kanzlerende hinterhergeschmissene dicke Autobiographie. Es ist seltsam unwirklich und seltsam anrührend: »Alle könnten ihn mal!«

Schon die verschwommenen und verschwiemelten Bilder, die während des Gesprächs (die Interviewer begleiteten Schröder zu einem Termin am Maschsee im heimatlichen Hannover) im diesigen Licht aufgenommen wurden, sind seltsam schemenhaft und leer. Er spricht von Anfang an darüber, obwohl er gleich am Anfang erklärt, nicht darüber sprechen zu wollen: über seine Beziehung zu Putin, zu Russland und wie er den Fall Chodorkowski sieht. Putin habe den räuberischen Oligarchen nach seiner Machtübernahme erklärt: »Was in der Vergangenheit war, das bleibt auch, aber unter meiner Regentschaft wird Schluss damit sein, dass ihr euch für einen Apfel und ein Ei die russischen Ressourcen aneignet.« Das klingt gut. Da waren sie schon unermesslich reich, lebten – »Rette sich, wer kann!« – im Ausland, und nur der, der blieb, musste kräftig Federn lassen für die neuen Herrscher, deren Umverteilung und gewalttätige Bereicherung. Putin habe ihn nach dem Ende von seiner, Schröders, Amtszeit gefragt, ob er mit ihm arbeiten wolle, er würde sich freuen. Also schlug Schröder ein. Spontan sozusagen? Ohne dass er den nötigen Vertrag hastig in seine Amtszeit vorgezogen hätte? Warum also die Eile? Die auch sein Amtsvorvorgänger Helmut Schmidt rügte: »Ein bisschen früh« sei es schon gewesen.

Er habe so handeln müssen, sagt Schröder. Er musste über die Enttäuschung hinwegkommen, »unfreiwillig« aufhören zu müssen. Durch das Votum der Wähler noch dazu. »Das war schon eine ziemlich existenzielle Situation. Da brauchen Sie Freunde, da brauchen Sie erst recht Menschen, die Sie lieben, aber Sie brauchen auch was zu tun … Ich wusste, wenn du nicht arbeitest, wirst du zu Hause ungenießbar!« Russland, um des häuslichen Friedens willen? Warum nicht? Tony Blair ist nach seinem Amtsverlust zum Katholizismus konvertiert. Schröder, sarkastisch: »Das war für mich keine Alternative.«

Als Gott sich langweilte

Die Frage, warum Gott die Erde erschaffen habe, hat der Philosoph Friedrich Nietzsche sinngemäß so beantwortet, dass er sich gelangweilt hat und sich deshalb ein Schauspiel schuf, die göttliche Komödie, das Welttheater, das man früher noch, als er Latein sprach und sich lateinisch preisen ließ, Theatrum mundi nannte.

Man darf sich das so vorstellen: Gott saß da, vor leerem Schreibtisch, trommelte nervös-gelangweilt mit den Fingern auf die Tischplatte, schaute in seinen elektronischen Terminkalender: nix los! Keine Erzengel-Kabinettssitzung, keine Vollversammlung der Schutzengel, keine Abrüstungsverhandlungen mit dem Erzfeind Teufel und seinen bösen Beelzebuben, und der Heilige Geist und sein Verbindungsengel in keiner pikanten Mission unterwegs …

Also blätterte der Herr, den seine Gläubigen »Cavaliere« nannten, in einem Casting-Katalog, der zufällig auf seinem Couchtisch lag, denn er war auch der Herr über sämtliche Televisionen und Transmissionen, und so blätterte er gelangweilt vor und zurück, bis er auf ein Model stieß, auf Naomi Letizia. Er blieb an ihrem von ihm wohlproportioniert geschaffenen Leib hängen, sah sie wohlgefällig an, suchte und fand ihre Telefonnummer und rief sie an: »Hallo, Naomi, ich bin's, dein Herr und Meister, ich hab dich im Katalog betrachtet, auf einem Bild, das dich fast so nackt zeigt, wie ich dich schuf! Darf ich dir meinen Privatjet schicken und …«

»Allmächtiger!«, stotterte die so Auserwählte. »Omnipotente, du bist es, kannst du dir Haare auf der Glatze wachsen lassen, so kannst und sollst du mich auch sehen, wenn ich bei dir erscheine!«

Aber halt, dachte Gott, ich bin im falschen Kanal, auf Rai I, und zappte zurück zur Genesis. Dort schuf er gegen seine Langeweile erst einmal Adam, und als der sich zu langweilen begann (es ist nicht gut, dass der Mensch allein sei), schuf er ihm Eva aus der eigenen, aus Adams Rippe, und von nun an langweilte sich Gott nie mehr. Denn als Adam wieder einmal zu spät nach Hause kam, machte ihm Eva eine Szene, und sie zählte seine Rippen. Ob da noch alle da waren! Und machte ihm eine Höllenszene.

Da wusste Gott, dass er die Soap geschaffen hatte und sich nie mehr würde langweilen müssen. Und der Schöpfer seufzte, weil er sah, dass es gut war, was er sah.

US-Präsident Obamas harter Kampf mit einer lästigen Fliege

»Kein Thier – das kann wohl ohne Übertreibung behauptet werden – ist dem Menschen ohne sein Zuthun und ohne ihn selbst zu bewohnen, ein so treuer, in der Regel recht lästiger, unter Umständen unausstehlicher Begleiter, als die Stubenfliege (Musca domestica).«

Wo Brehm in seinem »Thierleben«, Band 9, Ausgabe von 1884, recht hat, hat er auch heute noch recht, auch wenn er »als« und »wie« verwechselt. In guten alten Zeiten, als es in Restaurants noch Fliegen, Suppen und Ober gab, spielte die Musca domestica neben den Daumen des Kellners und dem dunklen Haar der Köchin in Suppenwitzen eine entscheidende Rolle. »Herr Ober, in meiner Suppe schwimmt eine Fliege!« Darauf der Ober: »Ausgeschlossen! Eine Fliege kann gar nicht schwimmen!«

Bei Wilhelm Busch wurde sie mit einer Fliegenklatsche, Platsch!, auf dem Gesicht des armen Babys tot- und breit geschlagen. Schön war das nicht!

Das tapfere Schneiderlein der Brüder Grimm hat jedenfalls sieben erschlagen. Sieben Fliegen auf einen Streich, und daraufhin das Königreich und die Prinzessin bekommen, so kann's gehen.

In Amerika ist alles anders. Dort darf man jemanden darauf aufmerksam machen, dass seine Fliege offen ist. Er sagt dann »Danke!« und nestelt nervös an seiner Hose, murmelt: Wie peinlich.

Eigentlich dachte ich, dass es in den USA keine Stubenfliegen mehr gibt. Einerseits, weil die Stuben dort Fliegengitter vor Fenstern und Türen haben. Andererseits, weil die Räume voll klimatisiert sind, Luft-Bedingung (Air-Condition) heißt dieser Fliegenschutz.

Umso erstaunlicher ist jetzt also, dass US-Präsident Obama bei einem TV-Interview mit einer Fliege zu kämpfen hatte, wo er doch den pazifistischen Ruf hat, keiner Fliege etwas zuleide tun zu können. Aber diese war wohl zu »lästig« (Brehm) und zu »unausstehlich« (Brehm). »Hau ab«, sagte der Präsident, »verschwinde!«, und als sie nicht hörte, schlug er sie tot. Auf einen Streich!

Jetzt fragt sich die amerikanische Öffentlichkeit entsetzt, ob das nicht Totschlag oder gar Mord an Jeff Goldblum war, der in dem Horrorfilm »The Fly«, nein, nicht in einen Hosenschlitz, sondern in eine Stubenfliege verwandelt wurde. Ähnlich wie Kafkas Gregor Samsa in einen Käfer. Und dann von der Familie erschlagen und auf einer Kehrichtschaufel entsorgt! Armer Franz Kafka, armer Gregor Samsa! Aber wie man hört, lebt Jeff Goldblum noch! Mit Smoking und Fliege, die er »black tie« nennt.

Mein Bauch so schwer

Es mag so rund 15 Jahre her sein, da landete der Madrilener Autor Javier Marías in Deutschlands Buchläden einen Hit: Sein Roman »Mein Herz so weiß« war monatelang auf den Bestsellerlisten.

Der Autor, der in Madrid eine wunderbare Wohnung auf der Plaza Mayor hatte, für Fußball schwärmte und die grottenschlechtesten Voraussagen für das Abschneiden von (erstens) Real Madrid und (zweitens) der spanischen Nationalelf abgab – Dichter dürfen irren und Irren ist menschlich –, wurde daraufhin von seinem Verlag (es war der Klett Verlag in Stuttgart) zu einer Lesereise nach Deutschland eingeladen. Die wurde für den Dichter Javier Marías zu einem Triumph und für den Menschen und Spanier zu einem Desaster.

Javier Marías fiel von Tag zu Tag mehr vom Fleisch, weil er nicht mit den deutschen Essgewohnheiten umgehen konnte und sein mit spanischen Bestsellerautoren ungeübter deutscher Verlag eine Reisekatastrophe nicht verhindern konnte.

Abends, nach der Lesung, bekam Marías als echter Spanier Hunger, so gegen elf. Da hatte ihn sein Verlag brav ins Hotel zurückgebracht, in Pforzheim, Friedrichshafen, Ulm oder Fürth. Der Dichter sagte: »Buenas noches!«, die Verlagsleute verabschiedeten sich, Javier Marías blickte um sich, rief: »Hunger!«, »Hambre!«, bekam aber in tiefer deutscher Nacht nichts mehr zu essen. Manchmal fand er in der Minibar ein paar Erdnüsse, Schokoriegel oder Kartoffelchips. Sonst aber nichts! Nada! Vierzehn Tage lang.

Nach der Rückkehr schrieb er einen flammenden Artikel für die Bundesliga und Bayern München (waren das noch Zeiten!) und einen vernichtenden über die deutsche Küche. Das fiel mir jetzt ein, wo ich durch das Weltkulturerbe Andalusiens reise (Cordoba, Granada) und um drei Uhr nachmittags zu früh zum Mittagstisch komme, ganz zu schweigen, wenn ich vor 22 Uhr was essen möchte. Nichts zu machen. Nada de hacer oder so ähnlich. Ich esse also schwer und fett gegen die Uhr, betrachte die Alhambra einsam an einem Tisch um 22 Uhr und bekomme erst um 22.30 Uhr Gesellschaft an anderen Tischen.

Vom Fleisch wie Javier Marías falle ich nicht. Im Gegenteil. Stattdessen habe ich nach einem schweren Kalifendinner um 23.40 Uhr schon geträumt, eine Laudatio auf einen pensionierten Musikkritiker aus dem Stegreif mit vollem Magen halten zu müssen. Das war vielleicht furchtbar. Lieber würde ich dünn werden und auf mehrere Weltkulturerbe-Ansprüche verzichten. Die Dresdner sollten später essen und schwerer träumen! Vielleicht hülfe das!

Hülfe! – das schreibt man nur mit einem Ochsenschwanz um 24 Uhr im Magen.

Markenzeichen auf der politischen Bühne

5. Juli 2009

Was »rote Socken« sind, weiß jeder, der über ein Mittellangzeitgedächtnis verfügt. Rote Socken war eine dumpf nach altem Fuß riechende Wahlkampfwaffe, die den Linken oder, besser, der PDS, wie die ehemalige SED heißt, keinen Abbruch tat, der Geruch blieb nicht an ihr haften.

Was ein »roter Schal« ist, weiß jeder, der sich an Zeiten erinnert, als Müntefering noch ein Zugpferd im Wahlkampf der SPD war oder zumindest als solches galt. Ein roter Schal verhieß »Glück auf!« und »Opposition ist Mist«. Tempi passati?

Ein roter Pullunder war nicht etwa ein Schlager nach der Melodie »Roter Holunder blüht wieder im Garten«, sondern das Markenzeichen von Ludwig Stiegler, dem bayerischen Schlachtross der SPD, dem es noch gelang, Wahlergebnisse an der 10-Prozent-Schmerzgrenze als Erfolge gegen die CSU zu repräsentieren. Stiegler war (und ist) ein Original, ein Urviech, der Gegner gern als Arschlöcher und Idioten oder gar Frauen (z.B. Merkel) beschimpfte – das aber auf Lateinisch. Stiegler konnte auch die Redensart »Was geb ich auf mein dummes Geschwätz von gestern« sowohl ins Bajuwarische als auch in die Odenform Horazens übersetzen.

Auch er geht. In den Ruhestand, und nimmer kehrt er wieder. Mit ihm gehen Friedrich Merz und Hans Eichel in politische Rente. Ersterer wollte die Steuern auf einem Bierdeckel ausrechnen (Sechs Maß! Passt scho'), der andere erhöhte sie daraufhin. Peter Struck, der seine Pfeife nie kalt werden und sein Motorrad heiß laufen ließ. Auch er ein Mann von gestern. Dabei ist er der Erfinder des Satzes, dass unsere Freiheit am Hindukusch verteidigt wird. Das bleibt. Leider.

Schließlich geht auch Otto Schily, der aussieht wie ein Baron mit roten Socken und dessen elegante Eitelkeit und weltmännische Arroganz für die SPD ein toskanisches Flair verströmte. Wie edles Olivenöl, das auch lange dem Ranzigwerden widersteht.

Sie alle, alle gehen in Rente, und wie bei Politikern üblich, hinterlassen sie die Lücke, die sie füllten. Auch Hertha Däubler-Gmelin, in Schwaben bewundernd »Schwertgosch« genannt, die Double-you-Bush zur Freude von 99 Prozent ihrer Landsleute irgendwie mit Hitler verglich. Und Renate Schmidt, die ebenso Anmutige wie Robuste, die es fertigbrachte, im Macho-Stall der bayerischen SPD-Welt das nötige »Frauengedöns« (so ihr Chef G. Schröder) zu veranstalten. Und Walter Riester? Der geht in die nach ihm benannte Rente. Ein seltener Glücksfall. Möge ihnen der Ruhestand leicht werden!

Schämt euch gefälligst selbst!

In der neuen Ausgabe des Duden ist das Wort »fremdschämen« enthalten, also in den deutschen Wortschatz aufgenommen worden. Na gut!

Als ob es nicht schon reicht, dass man mit dem Schämen für sich selber alle Hände voll zu tun und genug am Hals hat, soll man sich jetzt auch noch für andere schämen. Könnten die das nicht selber erledigen und sich einfach vorher schämen, bevor man sich für sie schämen muss?

Muss Frau Schickedanz öffentlich darüber greinen, dass sie praktisch wie eine Hartz-IV-Empfängerin von 600 Euro im Monat leben muss und dass sie sich keine Petersilie in der Suppe mehr leisten könnte, wenn sie die nicht in ihrem Gärtchen selber anbaute? Peinlich ist das, jetzt muss man sich in Deutschland schon für seine Reichen und Ex-Reichen schämen, die zu Heulsusen mutieren. »Besser arm dran als Arm ab!«, möchte man Frau Schickedanz zurufen. Aber dann weint Wolfgang Porsche öffentlich, weil er Wendelin Wiedeking einen goldenen Fußtritt verpasst hat, nachdem der sich mit Billigung seines Gönners um zehn Milliarden verzockt hatte. Sind das Krokodilstränen, wie sie Baron Rothschild einst vergossen hat, als er einen Schnorrer vor die Tür setzen ließ und dem Hausdiener befahl: »Schmeiß ihn raus! Sein Elend zerreißt mir sonst das Herz.«?

Oder soll man sich für den Thai-Boxer Uwe Hück schämen, der sich für Wiedeking aufplusterte wie ein wild gewordener Türsteher, um dann mit in seinem lauten Getöse zusammenzubrechen? Müssen deutsche Autogewerkschafter Hartz-Lustreisen machen und goldene Ringe im Ohr haben? Ach, Fremdschämen! Früher war das eine Sache, die in der Familie blieb, wenn die Tante die Achillesferse lauthals für ein Gedicht hielt und der Vetter in die Artischocke hineinbiss. Damals hieß Fremdschämen noch Peinlichsein.

Heutzutage fremdschämt man sich als alter Mann sogar für den Viagra-Fall Berlusconis. Dass der, obwohl Milliardär und Staatschef, einer Hure nur Schmerzen in Putins Bett anbietet und keinen Briefumschlag mit Geld, sondern nur eine kleine Schildkröte. Wenn sich Putin schon nicht schämt, dass sich Berlusconi in seinem Bett nicht fremdschämt, warum dann ich? Denn eigentlich war Fremdgehen wie Fremdschämen etwas sehr Privates, das man für sich selber erledigte und nicht fremdbestimmt von Illustrierten erledigen ließ. Und daher bitte ich die Leser, sich an meiner statt fremdzuschämen, weil ich mich für einen weinenden Porsche und einen altersgeilen Berlusconi fremdschäme, ohne mich wirklich zu schämen.

Der virtuelle Duft der Kompetenz

Früher, ganz, ganz früher, als es virtuelle, sprich: künstliche Welten noch lange nicht auf Flachbildschirmen, Kontoauszügen oder in den Kulissen des ZDF-»Heute«-Studios gab, früher existierten sie nur in der Phantasie.

Ein Beispiel dafür liefert Johann Peter Hebels Kalendergeschichte von dem alten Wochenmarkt.

Da steht ein Hungriger neben einer Wurstbraterei und kauft sich keine Wurst, sondern zieht genüsslich und lange nur den Duft der Nürnberger, Thüringer und roten Würste ein. Bis der Wurstbrater ihn anherrscht, hier gebe es nichts umsonst. Auch wenn er nichts verzehre, für den Genuss, die Wurst zu riechen, müsse er zahlen.

Der ungebetene Gast lässt sich nicht lange lumpen, zieht eine Silbermünze aus der Tasche, lässt sie auf den Wursttresen klingen, als klingende Münze sozusagen, als Bargeld, das nur lacht, und steckt sie dann ungerührt wieder ein. Er zahlt für den Geruch der Wurst mit dem Klang des Geldes virtuell.

Zwangsläufig fällt einem dazu Frank Steinmeiers Kompetenzteam ein. Schattenkabinett wagt es nicht einmal der Kandidat zu nennen. Von diesem Kompetenzteam wissen wir, dass seine Minister so sicher nicht Minister werden wie er nicht Kanzler, und zwar so sicher, wie wir wissen, dass Flüsse nicht bergauf fließen – es sei denn, auf der Studiowand des ZDF-»Heute«-Journals virtuell simuliert.

Aus Kompetenz wird folgerichtig Impotenz: Die ministeriellen Schattengewächse sind – ob für Verkehr, Wirtschaft oder Familie – wie Eunuchen, mögen sie auch weiblich sein. Sie wissen kompetent, wie es gehen soll, werden es aber nie ausüben. Phantombilder für die Phantomschmerzen der SPD. Besonders komisch und paradox wird es, wenn Ulla Schmidt nicht in das Team, das nur virtuell besteht, aufgenommen wird, in Wahrheit aber in der realen Welt Ministerin ist, kompetent und sogar mit Dienstwagen. Minus mal minus gibt also plus. Ein Nichtminister in einem Niemalskabinett wird zum real existierenden Minister. Jedenfalls mindestens so lange, wie das Kompetenzteam nicht real wird, also verdammt in alle Ewigkeit. Man kann den Braten, der aus der SPD-Wahlküche dunstet, schon riechen. Man weiß aber auch beruhigt, dass man das Wortgeklingel nicht bezahlen muss. Der Volksmund nennt Derartiges eher auch: »für dumm verkaufen«.

Marienkäfer – wo ist das Problem?

Kennen Sie Marienkäfer? Nein, nicht die etwa fünf Zentimeter breiten, drei Zentimeter hohen Tierchen von Kindergeburtstagen, die man aus ihrer stannioligen bunten Haut schält, um ihren Vollmilchschokoladenkörper zu verspeisen.

Und auch nicht jene papierflachen Käferchen, die Fans von Tokio Hotel auf ihre Briefchen an ihre Idole kleben. Nein, so richtige lebendige, langsam, aber irgendwie nervös krabbelnde Kugelkäfer, Marienkäferchen im Allgemeinen und Siebenpunkt- oder sieben gepunktete Marienkäfer (für den Lateinfreund auch Coccinella septempunctata) genannt. Diese süßen Käfer, die man weder essen noch küssen kann – die süßen Käfer, die mein Opa, als er jung war, küsste, waren keine Insekten –, entwickelten sich in diesem Traumsommer ohne Fußballmärchen zur Plage.

Zuerst an der Ostsee. Und dann habe ich sie letzte Woche in Wyk auf Föhr, also an der Nordsee, erlebt. Ich hasse Insekten, gehe wegen Mücken ins kalte Asyl und scheuchte gerade Wespen mit hampelnden Bewegungen und dem Ruf »Gehst du weg! Haust du ab!« von meinem Salat, da fielen die Marienkäfer über den Föhrer Mittag her. In Myriaden-Scharen, wie man bei Insekten sagt. Wie Heuschrecken, wie Münte sagt, in Anspielung auf die biblischen Plagen und auf die FDP, oder waren es die Hedgefonds-Tiere? Wie Kartoffelkäfer, die halb Irland, lang ist's her, nach Amerika zum Auswandern zwangen.

Jetzt also der Marienkäfer. Und obwohl die kleinen Brummer, die wirklich wie VW Käfer aussehen, in Haare und auf Blusen, in Hemden und auf Hosen einfielen, geriet niemand in Panik. Im Gegenteil. Junge Mädchen in gelben Pullovern oder weißen Sweatshirts juchzten »Huch!«, wenn ihre Freunde sie von ihren Büsten und Rücken klaubten. Kleine Kinder sammelten sie in Bechern und versuchten, sie in die Freiheit fliegen zu lassen. Sie waren, selbst in dieser Überzahl, beliebt wie sonst nur Schmetterlinge.

Und man verstand, warum Brehm diese Dreizeher genannten Tierchen mit zärtlichen Namen bedeckt: Sonnenkäfer, Herrgotts-Kühlein, Sonnenkälbchen, Gottesschäflein, Lady-Birds oder Mariewürmchen.

Sie sind übrigens auch nützlich wie die Bienen. Sie fressen die Blattläuse auf, ohne den Blättern was zu tun! Solche Tiere lieben wir und sagen nicht: Pfui Spinne!

Baden mit Auto verboten!

Früher gab es auf der Autobahn, mitten im deutschen Schilderwald, seltsame Tiere, Insekten oder Bodenwürmer. »Spurrillen« hießen die Tiere, vor denen gewarnt wurde wie sonst nur vor Rehen, Hasen, Fröschen und Hirschen mit dem Schild, auf dem ein Bock sprang oder ein Reh hüpfte und es »Vorsicht! Wildwechsel!« hieß.

Traten die Spurrillen in Massen auf, begannen sie, wie ein anderes Warnschild bedeutete, beim Tod unter den Rädern zu singen. Man sah auf dem Schild Reifen gezeichnet, denen beim Fahren Noten entwichen, Musik, zur Seite geschleudert. Manche haben die Noten als den »Hummelflug« oder die »Kleine Nachtmusik« mit dem Violinschlüssel entschlüsselt.

Ein anderes rätselhaftes Schild zeigte eine symmetrische Blüte, kristallin geformt, filigran zart gegliedert, und ich wusste nicht, was es bedeuten sollte. Und dachte, vielleicht: »Blumen pflücken während der Fahrt verboten«, wenn ich im Mai an diesem rätselhaften Zeichen vorbeifuhr.

Jetzt, da der Verkehrsschilderwald mal wieder abgeholzt wird, fiel es mir wie Schuppen von den Augen. Das Schild hieß: »Schnee und Glättegefahr!« Aber warum mitten im Frühling? Oder gar im August? Auch ein anderes, sehr malerisches Schild wird abgeholzt, das Steinschlagschild in den Alpen: Da ragte bis gestern ein Felsen ins Bild, und von dem kugelten und bollerten schwere Brocken: »Vorsicht, Steinschlag!« Sollte man schneller fahren, um dem zu entgehen, oder langsamer: »Ich brems für Brocken!«

Ein weiteres Schild zeigte ein Auto, das mit Hechtsprung ins Wasser sprang. Hieß das: »Baden mit Auto verboten«? Schon vor Jahren ist ein anderes Schild, das des Fußwegs, einer Geschlechtsumwandlung gewichen: Nicht mehr ein böser Onkel hält das Kind an der Hand, sondern eine liebe Tante. Die hat es jetzt auch auf ein neues Schild vor einer Sackgasse gebracht, wo nur Autos keinen Ausweg finden. No way out!

Männer, das wissen solche Schilder, sind Schweine. Und Väter ohne Verantwortung, so der jüngste »Stern«. Natürlich dürfen auch Fahrradfahrer ohne Scham durch diese Sackgasse fahren. Wir alle wissen ja längst: Der Fahrradfahrer ist der beste Freund des Menschen. Und noch ein neues Schild ist da, ein Strichmännchen auf Rädern oder wie auf Eiern, daneben das Wort »frei«. Das ist nicht etwa das Vorfahrtsschild für den Handelsgott Merkur oder den Freihandel. Nein, hier dürfen Inlineskater Spurrillen überfahren. Und dabei auch noch pfeifen.

Wenn der Postmann twittert

24. August 2009

Der Fortschritt, ach, der Fortschritt! Von ihm wusste Robert Musil vor 100 Jahren, dass immer nur ein Bein vorausschreite beim Fortschritt, das andere bleibe, gleichsam hinkend, zurück. Musil wusste auch gleich ein gutes Beispiel: Früher sei der Postverkehr viel langsamer gewesen.

Dafür aber habe man schönere Briefe geschrieben. Viel schönere.

Das mit den schönen Briefen ist wahr. Goetheschiller! Das mit dem schnelleren Postverkehr stimmt nicht mehr. Zum Beispiel am Montag. Da bekomme ich überhaupt keine Post mehr. Am Dienstag? Nur Rechnungen! Am Mittwoch nur Mahnungen zu Rechnungen. Das liegt auch daran, dass mir sonst keiner mehr schreibt. Es sei denn, er hat es auf mein Geld abgesehen. Es ruft mich auch kein Schwein mehr an. Es sei denn, er will mir etwas andrehen! Weil ich angeblich was gewonnen habe. Ich brauche nur zurückzurufen. Das ist der Fortschritt, dass ich nicht mehr zurückrufe. Und auch nicht mehr schreibe, weder montags noch dienstags.

Früher hieß es: Ab geht die Post! Damit war zwar die Postkutsche gemeint, mit dem Cottbusser Postkutscher, dem Postillon d'Amour, den Bundespräsident Walter Scheel besang. Der Briefträger dagegen schmetterte nicht mehr fröhlich ins Horn, dafür galt die Legende, dass er den Frauen, die als Hausfrauen zu Hause blieben … Aber lassen wir das! Horn hin oder her!

Dann starb für den Fortschritt das Telefonbuch. Für das mein Literaturpapst Reich-Ranicki geworben hatte. Und von dem ich wusste, dass es ein spannendes Buch war, von A bis Z, von vorn bis hinten. Allerdings fand ich: viele Personen, vielleicht zu viele! Aber wenig Handlung!

Dann starb der Brief. Den letzten hat mir in den fünfziger Jahren eine Freundin aus England geschickt. Jetzt, da die Post (wir Schreibfaulen sind schuld) ihren Dienst peu à peu einstellt, stirbt auch der Liebesbrief; zugunsten des Twitter-Tweets und der SMS. Und der E-Mail. Dabei war er doch so schön und tragisch! Wie das Ringelnatz festgehalten hat: »Ein männlicher Briefmark erlebte / Was Schönes, bevor er klebte. / Er war von einer Prinzessin beleckt. / Da war die Liebe in ihm erweckt. / Er wollte sie wiederküssen, / Da hat er verreisen müssen. / So liebte er sie vergebens. / Das ist die Tragik des Lebens!«

Ach, gutes altes Porto! Jetzt bleibst du unbeleckt! Ach, gute alte Post, jetzt stellst du die Zustellung ein! Und wir? Wir zwitschern und twittern uns eins!

Das Geheimnis der ersten Seite

Kürzlich war zu lesen, dass man sich den Doktortitel kaufen kann, wenn man genug Geld hat und nicht mit BAföG durchs Studium gammeln muss. Und dass man ihn erschlafen kann (der Glücklichen schenkt's Gott im Schlafe), wenn man eine Studentin ist.

Ob das eine besser als das andere ist, hängt natürlich vom Professor ab, der einen promoviert; hat man Glück, hat man zum Titel auch noch das Vergnügen. Professorinnen, die gegen Geld oder gute Werke Doktoren machen und Bett oder Bankkonto examinieren, sind noch nicht aufgetaucht. Hier hat die Gleichberechtigung noch Nachholbedarf.

Ich musste, vor etwa fünfzig Jahren, noch selber schreiben. Ich schrieb eine These über das »schmückende Beiwort« (fragen Sie mich nicht, was das ist!), lieferte nach einem Jahr die Arbeit bei meinem Doktorvater (so heißt der wirklich) ab und wartete. Ein halbes Jahr später rief er mich zurück und sagte, er sei sehr enttäuscht. Von mir. Ich fragte nach Gründen. Er nannte ein Komma hier zu viel und ein Komma dort zu wenig. Und sagte dann: Und überhaupt!

Ich war zerstört. Am Abend saß ich in einer Kneipe, um meinen Kummer zu ertränken. Ich hatte Glück! In der gleichen Kneipe saß die Assistentin meines Profs und sagte, sie wisse, warum ich traurig sei. Ich sagte, ich wisse es auch. Dann sagte sie: »Sie haben einen Fehler gemacht.

Sie haben das Wichtigste vergessen! Die erste Seite.« Ich sagte: »???« Sie: »Ja, die erste Seite. Auf der steht, dass Sie Ihrem Professor die Anregung zur Arbeit und überhaupt alles verdanken. Und dass er Ihnen jederzeit mit Rat und Tat zur Seite …«

»Das ist alles?«, fragte ich. »Ja«, sagte sie, »aber lassen Sie die Arbeit drei Monate liegen, sonst riecht er den Braten. Er muss glauben dürfen, dass Sie die Arbeit wirklich wesentlich verbessert haben. Und nicht nur ein Komma weniger hier und ein Komma mehr da.« Ich dankte ihr herzlich, und was soll ich Ihnen sagen! Ein Jahr später war ich Doktor. Und zwar »phil«.

Ich habe weder mit dem Prof noch mit seiner Assistentin geschlafen. Ich habe ihnen auch nicht, weder ihr noch ihm, meine Ersparnisse in spe überschreiben müssen. Damals war Promovieren noch eine Frage der Ehre. Dunkler Anzug. Silberne Krawatte. Großes Latinum. Der Dekan und der Doktorvater erschienen in Talaren – wie vor 1000 Jahren. Wie ich Professor wurde, erzähle ich Ihnen ein andermal.

Wie ich die Wahl entschieden habe

Sie mögen mich jetzt für größenwahnsinnig, im Egotrip übergeschnappt, ja für hybrid halten – »hybrid« übrigens nicht im Öko-Sinn des Hybridautos, sondern wie in der antiken Tragödie, also selbstüberheblich, die eigenen Möglichkeiten grenzenlos überschätzend.

Also, das alles mögen Sie von mir denken, trotzdem sage ich: Ich habe die letzte Bundestagswahl entschieden. Wer jetzt regieren darf und so. Ich, ich, ich mit Brille, Bauch und Falten. Ich! Ja, ich habe das entschieden! Zwar nicht persönlich, nicht als Individuum, nicht, weil ich so wässrig schöne blaue Augen habe. Sondern ich als Mitglied einer Generation, die »60 plus« heißt und die inzwischen ein Drittel der Wahlberechtigten stellt. Ein Drittel. Tendenz steigend!

Abends, kurz vor sieben und kurz vor acht, wenn ich fiebernd und ächzend (vor Gelenkschmerzen) auf die neuesten Hochrechnungen und Wahldiskussionen wartete, hätte ich es merken können, dass ich zähle! Ich, der mehr oder weniger rüstige Senior. Alles dreht sich um mich! Zum Beispiel die Werbung. Tabletten gegen den Harndrang bei Nacht. Harndrang! Jenseits des jugendlichen Sturms und Drangs. Treppenlifte für Senioren, die nicht ausziehen wollen. Vitamin E und die »Apotheken Umschau«. Wir sind es, die entscheiden!

Dass die Senioren, wie wir Alten genannt werden, politisch was zu sagen haben, war schon immer so. Nicht umsonst hießen die wichtigsten Gremien »Senat« oder »Ältestenrat«. Weil wir nicht so hitzig sind, so jäh und spontan und hin und her und unüberlegt und nicht mehr so spitz wie Nachbars Lumpi.

Dabei sind wir, so weist es die Statistik und die Demoskopie und die Sozialforschung aus, gar nicht so egoistisch. Von wegen Rente und so. Im Gegenteil: Wir sind für Investitionen in Bildung und die Bekämpfung der Arbeitslosigkeit. Wir sind doch nicht blöd! Wir wissen, von wem oder was oder wovon wir morgen leben müssen. Wenn überhaupt!

Und deshalb sind wir bald die absolute Mehrheit. Schon heute gehen wir mit der höchsten Wahlbeteiligung zur Wahl: mehr als 80 Prozent! Für uns ist das ein Spaziergang! Notfalls Nordic Walking. Und deshalb haben wir beim Wählen das Sagen. Selber schuld, wenn unsere Kinder keine Wahlenkel zeugen.

The future is yours, Westerwave!

Zurzeit kringeln sich YouTube-Benutzer, also der schadenfrohere Teil der Nation, über zwei Auftritte von Guido Westerwelle. Sie können sich kaum einkriegen, wenn sie in Wiederholungsschleifen den Außenminister in spe bei zwei missglückten Sprachgrenzerfahrungen beobachten und ihm zuhören, wie er einem Reporter barsch, ja beleidigt, die Beantwortung einer englischen Frage verweigert, so als hätte der ihn aufgefordert, heiße Suppe ohne Löffel vom Teller zu schlürfen. Und zum anderen, wo er in einem Kauderwelsch, dem mit der Kennzeichnung als Pidgin-English oder Bundesbahnschaffner-Englisch noch geschmeichelt würde, etwas Ostpolitisches zu erläutern sucht: Was, kann man, naturgemäß, nicht verstehen.

Dass man dem so schadenfroh lauscht und zuschaut und sich dabei auf die Schenkel schlägt, ist nicht nur Bosheit, sondern soll heißen, im inzwischen aus dem Verkehr gezogenen Münte-Sprech: Außenminister kann der nicht!

Das ist nicht nur vorschnell, sondern auch unbedacht. Denn Westerwaves begnadeter Vorläufer Genschman, als Hans-Dietrich Genscher der dienstälteste und erfolgreichste deutsche Außenminister aller Zeiten, wurde zum Dienstantritt 1974 verspottet, weil er zwar Sächsisch sprach, aber kaum ein Wort Angelsächsisch. Und dennoch mit seinem Kanzler Kohl der fintenreiche, diplomatisch geschickte, geduldige und hartnäckige Architekt der deutschen Einheit wurde, und das mit weichem »B«! Genscher bekannte damals mit sächsischer Selbstironie: »Mit der englischen Sprache geht es mir wie mit meiner Frau! Ich liebe sie, aber ich beherrsche sie nicht!«

Kohl ging es nicht besser. Zu Margaret Thatcher, mit der er, wie wir jetzt erfahren, spinnefeind war, ihr aber doch die deutsche Einheit abluchste, soll er gesagt haben: »You may say you to me!« Und sie soll geantwortet haben: Du mich auch! Auch Kanzler Schröder soll seinen besten Freund im Ausland danach ausgesucht haben, dass der lupenreines Deutsch sprach. Er selbst lernte erst Englisch, als es für ihn beruflich ernst wurde und er aus der Politik ins Erdgasgeschäft umstieg.

Aber Kopf hoch! Head high, Westerwelle! The future is open and yours. Übrigens heißt Vizekanzler auf Englisch, phonetisch gesehen, Weiß-Tschänzeler. Warum, weiß der Teufel.

»Vivat Bacchus! Bacchus lebe!«

Als die Türken, also die Muselmanen, gerade eben erst vor Wien gestanden hatten, bevor sie Prinz Eugen verscheuchte, schrieb Mozart seine 1782 uraufgeführte Türkenoper »Die Entführung aus dem Serail«. Da versucht ein christlicher Prinz Belmonte, seine in das Serail (also den Harem) verschleppte Verlobte Constanze zu befreien. Um listig vorzugehen, arbeiten seine Helfer mit Alkohol, mit Wein. Sie überreden den Haremswächter Osmin zu einem Schlückchen, sodass der prompt im Rausch ein Loblied auf den Weingott Bacchus anstimmt.

Die Befreiung missglückt trotzdem. Constanze wird nur durch die großzügige Toleranz des mohammedanischen Herrschers Selim Bassa zur Freiheit begnadigt – obwohl der sie doch liebt. So großzügig konnte der Islam damals sein.

Jetzt hat die Schweiz den Sohn des libyschen Führers Gaddafi vorübergehend, aber mit guten Gründen, verhaftet. Daraufhin hat der Diktator zwei Schweizer Geschäftsleute entführt. Sie sind bis heute Geiseln, an einen unbekannten Ort in Libyen verschleppt.

Auf einer Kreuzfahrt durchs Mittelmeer, jetzt, im Oktober 2009, sollte die MS »Europa« auch nach Libyen, nach Tripolis. Um eine Stätte des Weltkulturerbes zu besuchen. Die Behörden ordneten zunächst an, dass alle Passagiere und Besatzungsmitglieder ihre Körpertemperatur messen lassen müssten, bevor sie an Land dürften. Dies ist kein

Problem und nur eine geringe Schikane. Man schreitet an einer Kamera vorbei, die auf Temperaturen von mehr als 37 Grad reagiert. Man kann es auch als Vorsichtsmaßnahme gegen die Schweinegrippe sehen. Aber keiner war krank. Jedenfalls nicht fiebrig. Die Passagiere, die den Ausflug zum Weltkulturerbe machen wollten, durften von Bord. Eine Gruppe Schweizer verzichtete ohnehin in weiser Voraussicht auf diesen Landgang. So blieb die Hälfte der Passagiere auf dem Schiff, wo libysche Zöllner patrouillierten, solange es vor Anker lag.

Die libyschen Behörden hatten die Auflage gemacht, alle alkoholischen Getränke wegzuschließen. Bier wie Wein, Likör wie Sekt. Entgegen dem internationalen Seerecht. Grund: Man wollte die Zöllner keiner alkoholischen Versuchung aussetzen. Wie Osmin bei Mozart. Wir Europäer saßen also bei Wasser und Cola beim Essen. Trinken im Mittelmeer. Wie in Beugehaft.

Wahrscheinlich deshalb legte die MS »Europa« eine Stunde früher in Tripolis ab. Auf die alkoholische Freiheit der Meere! Sofort habe ich, ein Weinglas in der Hand, Mozarts Osmin-Arie angestimmt: »Vivat Bacchus! Bacchus ist ein guter Mann!«

Mit Klingelbeutel und Gottvertrauen

2. November 2009

Im Juni 2009 hat der Philosoph Peter Sloterdijk einen aufsehenerregenden Vorschlag zur Steuerreform gemacht: eine »Revolution der gebenden Hand«. Die Zwangssteuern für Reiche sollten abgeschafft werden. Stattdessen sollten sie bei ihrem Stolz und ihrer Ehre gepackt werden. Statt Steuern zwangsweise von ihnen einzuziehen, sollten sie, generös, versteht sich, Geschenke an die Allgemeinheit leisten.

Seither tobt in den Feuilletons der »FAZ« und der »Zeit« ein Philosophenkrieg zwischen linken Denkern und Verteidigern des Sozialstaats wie Axel Honneth und aristokratischen Geistern wie Karl Heinz Bohrer, der lieber keine Steuern für die »Plebs«, das Prekariat, zahlen will. Dabei hat Sloterdijk schön, groß und großherzig gedacht. Seine Utopie hat in etwa die Kraft der 68er-Forderung: »Weg mit den Alpen! Freie Sicht aufs Mittelmeer.«

Mir allerdings ist zu Sloterdijks grandioser Steuerbefreiungsidee die Debatte dreier Gottesmänner eingefallen, die die Grenzen des Glaubens überschreitend und ökumenisch diskutierten, wie sie es denn mit den Opfergaben in den Klingelbeuteln nach den Gottesdiensten hielten. Sagt der protestantische Geistliche: Also, ich zeichne vor der Kirche mit Kreide ein Quadrat, zwei mal zwei Meter groß, werfe die Münzen aus zehn Meter Entfernung in Richtung Quadrat. Was in das Quadrat fällt, gehört Gott. Was außerhalb bleibt, mir!

Der katholische Kollege sagt, er mache es ähnlich. Allerdings zeichne er ein gleichseitiges Dreieck, 50 mal 50 mal 50 Zentimeter, und werfe die Münze aus 20 Meter Entfernung in Richtung Dreieck. Wieder gehöre Gott das, was in das Dreieck falle, der Rest verbleibe ihm.

Daraufhin meldet sich der Rabbi zu Wort und sagt: Ihr habt aber wenig Gottvertrauen! Ich werfe alle Münzen der Kollekte in die Luft und sage: »Lieber Gott, behalte, was du magst und brauchst! Was auf den Boden fällt, bleibt mir!« Das ist so recht eine freiheitliche, den großzügigen Geber nicht demütigende Idee. Sloterdijkisch eben.

Ich fürchte nur, wenn man das Geld im Hofe des Finanzamts in die Luft wirft, wird kaum ein Cent, auch Obolus genannt, wieder zu Boden fallen.

Das Ende der Fleischeslust?

»Muh, muh, muh, so ruft im Stall die Kuh«, habe ich als Abc-Schütze (so militaristisch nannte man damals noch die Erstklässler) aufgesagt. »Sie gibt uns Milch und Butter. Wir geben ihr das Futter.« Dass sie uns auch das T-Bone-Steak, das Entrecote, den Tafelspitz, den Ochsenschwanz, das Gulasch, die Markklößchen, die Leber und (als Jungtier) das Wiener Schnitzel gibt – für das Schnitzel »Wiener Art« muss allerdings das Schwein herhalten –, wurde uns zartbesaiteten Kindern tunlichst verschwiegen.

Vor allem aber liefert das Rind den »Hamburger« und, doppelt fürs Rind gemoppelt, den Cheeseburger. Und wegen der Weltherrschaft von McDonald's geriet das Rind in die Klimadebatte.

Das Rind ist nämlich ein Wiederkäuer: Es verdaut sein Futter in mehrkammrigen Vormägen (Pansen, Netzmagen, Blättermagen) und kaut es zweimal, indem es das Futter wieder hochkommen lässt. Das ist ein schönes Bild, wenn Rinder mit mahlenden Kiefern friedlich auf den Wiesen lagern. Allerdings sondern sie dabei täglich bis zu 230 Liter Methan, Lachgas und Kohlendioxid rülpsend und so weiter ab, irritieren so die Atmosphäre und erwärmen die Erde. Es ist zum Vegetarier-Werden!

Nun aber war ich in Venedig, in »Harry's Bar«, zu einem Jubiläum, dort, wo Hemingway einst soff und Italiens berühmtester Meisterkoch, Cipriani, das Rindercarpaccio erfunden hat, roh und unwiderstehlich. Es gibt aber auch

Vegetarisches, zum Beispiel eine einmalig gute venezianische weiße Bohnensuppe. Daneben stehen allerdings auch ein Stern und eine Fußnote: »Achtung! Der Genuss dieses Bohnengerichts trägt zur Erderwärmung bei!«

Was also ist zu tun? Was also essen?

Zwei gute Nachrichten gibt es dazu diese Woche. Erstens: Die Erde erwärmt sich gar nicht. Wir steuern seit 2001 in eine neue Zwischeneiszeit. Und zweitens: falls nicht, hat die Uni Bonn in Kleve einen High-Tech-Stall für Kühe gebaut, füttert sie anders, mit Mais nämlich, sodass sie weniger durch ihre Körperöffnungen abgasen.

Wir können also weiße Bohnen zum Steak essen. Je nachdem! Wie die Cowboys in Mel Brooks' Western »Blazing Saddles«, dem Film, den man, seitenverkehrt zwar, als »Rülpsende Sättel« übersetzen könnte.

Alles wird gut für uns Rindfleischfresser und Bohnenliebhaber!

Seins oder nicht seins?

In regelmäßigen Abständen taucht die These auf, dass Shakespeares Stücke, zweifellos die größten, tiefsten, universalsten Dramen, Tragödien, Komödien der Menschheit, nicht von Shakespeare stammen, nicht von Shakespeare stammen können.

Der Autor, der 1564 in Stratford-upon-Avon geboren wurde und dort 1616 verstarb, hat in seiner Heimatstadt weder eine Bibliothek hinterlassen noch Spuren seines gewaltigen dichterischen Werks. Er hat England nie verlassen. Woher sollte er also Venedig kennen, Verona, Rom, wie Zypern oder Athen, wo seine tiefgründigen Stücke spielen? Er hat nicht studiert, woher sollte er also den Plutarch so gut kennen, wie dies sein Werk ausweist?

Hat also Shakespeare gar nicht die Shakespeare-Dramen geschrieben? War er ein Strohmann eines anderen gebildeten Geistes, der den geschickten Manager einer Theatergruppe benutzte, um seine Werke veröffentlichen zu können, ohne seine eigene Identität preisgeben zu müssen?

Als Favorit der »Shakespeare hinter Shakespeare«-These gilt seit langem immer wieder Edward de Vere, Earl of Oxford (1515–1604). Er war gebildet, studiert, weit gereist, hatte den Horizont und die Tiefe, die gebildete Größe, die Shakespeares Werke vermitteln. Und: Er durfte als dem Hofe und der Königin Elizabeth I. Nahestehender kein Theaterdichter sein. Das war unter seiner Würde. Also benutzte er den Strohmann Shakespeare, um sein Werk an die Öffentlichkeit zu bringen, und schenkte uns so das größte dramatische Werk der Neuzeit. Und machte Shakespeare reich und – posthum – berühmt.

»Sein oder nicht sein«, heißt es im »Hamlet«, was aber nur im Deutschen eine Frage der Urheberschaft ist (»von ihm oder nicht von ihm«). Wir wissen nur, dass der echte Shakespeare einen Sohn namens Hamnet hatte und dass englische Kritiker jahrhundertelang nach besonders miserablen Shakespeare-Aufführungen vorschlugen: Jetzt müsse man nur Shakespeares Grab in Stratford öffnen. Habe sich der Dichter im Grabe vor Grausen gedreht, sei er der wirkliche Urheber.

Dann ist in der SPD ein anderer großer Sprachschöpfer abgetreten. Franz Müntefering, der Wortkarge, Münte genannt, Schöpfer des Slogans »Opposition ist Mist!«, hat vor seinem Abgang offenbart, dass die Benennung der berühmt-berüchtigten »Agenda 2010« nicht von ihm oder Schröder stammt, sondern von einer Journalistin geschöpft worden sei.

Alle Beteiligten, inklusive der dem Ex-Kanzler nahestehenden Ex-Journalistin, leben noch. So wird man erst eines Tages die Gräber öffnen können, um feststellen zu können, welch kluger Kopf im Sarg rotiert, wenn von der Reform die Rede ist, die die SPD auf 23 Prozent heruntergewirtschaftet hat.

Was reimt sich auf Kanzlerin?

Früher sagte man, wenn man etwas, das in einen Zusammenhang gebracht worden war, das eine logische Kette oder konsequente Folgerung darstellte, in Wahrheit jedoch nichts miteinander zu tun hatte, früher also sagte man: Darauf kann ich mir keinen Reim machen!

Das war die Zeit, als sich Liebe noch auf Triebe reimte, Herz noch auf Schmerz – wobei man sagen muss, dass es bei Reimen Abnutzungserscheinungen gibt. Der Erste, der Herz auf Schmerz reimte, war ein Genie, die 100 000 danach sind, freundlich ausgedrückt, Epigonen. Epigonen, ja, das reimt sich auf Millionen, Klonen und ist einfach wie »Seid umschlungen, Millionen« (Reim der Europahymne auf »… Vater wohnen und Äonen, und zwar überm Sternenzelt«), und wie »Oppositionen« Mist.

Heute kann ich mir keinen Reim auf die Milliarden machen, die die Millionen verschlungen haben. Schulden auf erdulden. Ich habe aber dieser Tage ein wunderbares neues Buch erworben, das »Sonderbare Lexikon der Deutschen Sprache«, der Autor heißt CUS, und da finde ich, dass es im Deutschen keinen Reim auf »Menschen« gibt. Nichts! Fehlanzeige. Glück reimt sich auf Politik. Geschick auf Republik. Aber Menschen. Fehlanzeige!

Da musste ich dem klugen Lexikon widersprechen, denn Schiller reimte »Menschen« auf »Wünschen«. Mensche – wensche: In schwäbischer Mundart geht das. So wie der Hesse Goethe »Neige« auf »Schmerzensreiche« reimte.

Aber Peter Rühmkorf fand einen Reim, sogar einen Vers: »Die schönsten Verse der Menschen (…) sind die Gottfried Bennschen.« Dazu allerdings muss man wissen, dass Benn ein großer deutscher Reimer war, ein Dichter. Auch Monat und Silber kann man im Deutschen nicht reimen. Und mir fällt angesichts des skurrilen, sonderbaren Wörterbuches ein, dass einst Heinz Erhardt, wieder ein Dichter, ein Gedicht vortrug, in dem ein Fischer einen »Barsch« fangen und angeln wollte. Der Reim darauf: »Das Wasser steht ihm bis zum Knie!« »Reimt sich nicht!«, schrien die Zuhörer. Und Heinz Erhardt antwortete, da müssten sie warten, bis die Flut kommt. Ein Reim, arsch, würde Goethe im Hessischen sagen, arsch weit hergeholt.

Zum Schluss, dank des schlauen Buches, noch ein paar Wörter, auf die sich nichts reimt. Sie sind sozusagen reimfest: Silber, Mönch, Kanzel und fünf. Kanzel reimt sich nicht, dafür aber Kanzlerin, und man könnte Goethes »Faust« variieren: »Doch halt ich es für etzlichen Gewinn, dass wir statt einen Kaiser haben eine Kanzlerin.« Und es war Schiller, der in der »Ode an die Freude« schon die Wirtschaftskrise vorahnte: »Seid verschlungen, Millionen!«

Auf Milliarden kann ich mir auch diese Woche immer noch keinen Reim machen.

Der Stachel der Erinnerungen

Vor kurzem ist ein schmales, aber eminent wichtiges Buch von Maxim Biller erschienen, das eine Art Autobiographie eines jüdischen Schriftstellers ist, der nach Deutschland zurückkam, als der Holocaust als größtes Verbrechen eines modernen Staates an den Juden zum Ziel von deren Auslöschung längst anerkannt war. Offiziell zumindest und auch in den Köpfen der Schriftsteller, Journalisten und Wortführer geistiger Eliten.

Biller hat ein gnadenlos feines Sensorium für die Verwüstungen, die dieses ungeheuerste Verbrechen der Neuzeit in den Köpfen der Nachkommen der Täter ausgelöst hat.

Billers großes Vorbild, sein Antipode und Partner einer gesuchten Auseinandersetzung in dem Buch »Der gebrauchte Jude«, ist Marcel Reich-Ranicki. Und was er zitiert, erinnert mich daran, dass er etwas aufrührt, was ein ewiger Stachel in den Erinnerungen Reich-Ranickis war. Dass er nämlich zwar ein hochgeschätzter Autor der Hamburger Wochenzeitung »Die Zeit« gewesen sei, deren wichtigster Buchrezensent und Kulturkritiker, aber nie zu Redaktionskonferenzen eingeladen oder auch nur zugelassen war und den man, als die Ressortleitung des Feuilletons der »Zeit« vakant war, nie als dessen Leiter in Erwägung gezogen habe.

Ich erinnere mich, und Biller zitiert es, und Rezensionen, die zum Jahrestag der Reichskristallnacht erschienen sind, zitieren es auch: Marcel Reich-Ranicki, mit dem ich viele Jahre zusammenarbeitete, führte das auf einen latenten Antisemitismus in der »Zeit« zurück.

Und in der Tat heißt es im offiziellen Jubiläumsbuch von 1998, Reich sei wegen seiner »rabulistischen« Diskussionsweise nicht zu Konferenzen geladen worden. »Rabulistisch«? Ist das antisemitistisch? Ich schlage in Wörterbüchern und Lexika nach, die jetzt erschienen sind. Ein Rabulist ist da einer, der in rechthaberischer, spitzfindiger, kleinlicher Weise argumentiert und dabei den Sachverhalt verdeckt: Auch im »Duden« ist ein »Rabulist« ein wortreicher Wortverdreher. Nicht mehr, nicht weniger.

Glücklicherweise besitze ich das einzige Lexikon, das während der Nazi-Zeit erschienen ist, nationalsozialistisch redigiert, der »Meyer«, dessen Band mit »R« 1940 erschienen ist. Und da heißt es: »Rabulistik, die Rechtsverdreherei, wesentlich jüdischem Denken eigen!« Und hier wird offenbar, dass Biller recht hat: Verdrängt kommt in solchen scheinbar entnazifiziert gereinigten Begriffen eine verschwiemelte Wahrheit an den Tag.

In den siebziger Jahren kursierte dazu ein aufschlussreicher Witz in Deutschland. Ein Jude sagte seinem Freund, er müsse wieder auswandern, weil es »wieder losgehe«! Was losgehe?, fragte der. Na, gegen die Juden und die Friseure. Wieso gegen die Friseure?, fragte sein Freund. Und der Jude antwortete: Siehst du, wegen deiner Frage will ich auswandern.

Familien-Angelegenheiten

Seit ich das Lexikon über die Sonderbarkeiten der deutschen Sprache besitze, kann ich den Lesern Fragen beantworten, die sie mir gar nicht stellen. Also zum Beispiel: Welches ist das einzige Substantiv im Deutschen, das sich im Plural wie im Singular zwar gleich schreibt, aber anders ausspricht. Na, hätten Sie's gewusst? Richtig: »Knie!« Ein »Knie« heißt »Knie« und spricht sich »Knie« wie »nie« mit langem »i« aus, und zwei Knie, die man normalerweise hat, spricht man »Kni-e« oder »Knié«. Wie Familie! »Famili-e!« – »Familié!«

Familie ist andererseits schon im Singular ein Plural, denn Familie, logisch, das ist kein Single, das sind mehrere, mindestens drei; Vater, Mutter, Kind. Oder so ähnlich! Oder Patchwork! Trotzdem gibt es einen Plural, viele Familien, die Säulen des Staates und der Zukunft, und dafür sogar einen Familienminister oder, noch besser: eine Ministerin!

Jetzt aber ist der Arbeitsminister zurückgetreten, weil er früher Verteidigungsminister war, und die ehemalige Familienministerin Ursula von der Leyen (sieben Kinder, eine extrem starke Idealbesetzung sozusagen) rückte rauf ins Arbeitsministerium, das Familienministerium wieder runter ins »Gedöns«, wie es ein Altkanzler machohaft genannt hatte.

Und das musste ruck, zuck gehen, sonst wäre das eine Regierungskrise geworden, und da die CDU/CSU eine

Familie ist, musste alles in der Family bleiben. Oder wie es ein noch älterer Altkanzler nannte: »Famillie«. Und da der Verteidigungsminister auch als Arbeitsminister ein Hesse war, musste eine Hessin her, Kristina Köhler, wegen des innerfamiliären Proporzfriedens. Schwupp war sie Familienministerin.

Da schrieben die Zeitungen, dass sie nicht nur wunderbar jung sei, die Jüngste sozusagen, sondern auch ledig, Single, ein Singular, kein Plural, und da dachte die Kanzlerin wahrscheinlich »Huch!« und »Hoppla!«.

Und hat die nicht einen Freund, das, was man früher Verlobten oder so nannte? Und das hatte sie, sogar in der gleichen Partei und der gleichen Regierung! Und so werden die beiden schnurstracks heiraten, eine Familie sozusagen in Angriff nehmen. Das Familienministerium nach dem Motto »Learning by doing« führen.

Und wenn das klappt und keine Regierungskrise dazwischenkommt, dann kann sie bald Mutterschaftsurlaub im Amt nehmen. Oder er Vaterschaftsurlaub. Je nachdem. Aber man soll noch nichts übers Knie brechen.

Nichts für Kraftmeier

Inzwischen wissen längst alle oder glauben zu wissen, was das (nicht nur schwer auszusprechende) Testosteron ist. Frauen wissen es ohnehin, leidgeprüft und freuderfahren, wie sie sind. Und auch wir Männer kennen den Stoff, aus dem die Träume sind und der als »Rüpel unter den Hormonen« gilt – durch Lektüre wissenschaftlicher Studien, durch den Feminismus und das (zumeist schlechte) eigene Gewissen. Vor allem seine Überschüsse, sein Übermaß, das Männer kampflustig, stiernackig, gockelhaft mit angeschwollenem Hahnenkamm auftreten lässt.

Zu Nebenwirkungen und Risiken brauchen wir weder den Arzt noch den Apotheker zu fragen. Wir wissen, dass es uns den Stimmbruch, lang ist's her, den Haarausfall (auf dem Kopf) und das Haarwachstum (aus dem Hemdkragen) beschert. Und andere schöne Bescherungen.

In Deutschland aber hat das aufmuckende, rebellische Testosteron Geschichte gemacht. Deutsche Geschichte. Da war der durch die Landtagswahlen und Umfragen schon waidwunde Kanzler Schröder noch einmal als Platzhirsch im Wahlkampf auferstanden, hatte sich aus schier auswegloser Position mit heißem Atem zum Sieg geröhrt und ein unglaubliches Patt erreicht. Fast war er am Ziel. Fast.

Und dann saß er in der legendären Wahlnacht seinem weiblichen Opfer gegenüber und glaubte, er könne sie jetzt einfach wegschnauben. Als siegesbewusstes Wahlross. Mit einem Testosteron-Fanfarenstoß. Doch der Schuss ging nach hinten los. Die verängstigten CDU-Mannen (oder waren es nur noch Männer?), die Merkel liebend gern losgeworden wären nach ihrem desaströsen Wahlkampf, mussten sich hinter sie stellen. Mannhaft und wie ein Mann! Und seit der Zeit haben wir eine Kanzlerin statt eines Kanzlers. Eine historische Wende dank Testosteron. So schreibt ein Stoff Geschichte!

Glaubten wir jedenfalls. Jetzt aber haben Wissenschaftler am lebenden männlichen Objekt nachgewiesen, dass Testosteron überschätzt wird. Es kann durchaus auch fair machen. Und zurückhaltend. Hormongesteuerte Männer erwiesen sich als zahmer. Im Unterschied zu anderen, die mit einem bloßen Placebo wild um sich schlugen. Sollte es also kein Männerhormon gewesen sein, sondern etwa bloß Bier oder Wein, die den letzten männlichen Kanzler deutscher Nation vor Kraft nicht laufen ließen? Muss die Geschichte also umgeschrieben werden? Testosteronfrei?

»Ja, ist es denn scho Weihnachten!«

Schweißgebadet bin ich letzte Nacht aufgewacht, weil ich geträumt hatte, ich müsste auch dieses Jahr, wie »Alle Jahre wieder«, noch eine Glosse zu Weihnachten schreiben; ich fühlte mich wie von tausend Tannennadeln gepiesackt, und dann fiel mir ein, dass ich 1960 die erste Weihnachtsglosse geschrieben hatte. In ihr unterhielten sich zwei Rentner in Zürich, sie waren flotte 65, und dass sie sich in Zürich unterhielten, das lag an der schweizerischen Erfindung der Langsamkeit. Und so fragte der eine den anderen, was er denn lieber mag, möge, mochte: »Liebe mit einer Frau? Oder Weihnachten?« Und als der andere antwortete: »Weihnachten!«, fragte der erste Rentner: »Warum?«, und der zweite antwortete: »Weil, das ist öfter!«

Das funktioniert nach dem Prinzip, nach dem jetzt Blondinen in Florida oder Las Vegas Sweatshirts mit der Aufschrift tragen: »Ich habe nicht mit Tiger Woods geschlafen!« Heute kann ich darüber beim besten Willen nicht mehr lachen, auch nicht, dass es in den folgenden Jahren des Wirtschaftswunders alle Jahre wieder die Überschrift gab: »Süßer die Kassen nicht klingeln!« Bis in den siebziger Jahren das Kassenklingeln durch die Frage nach »Owie!« abgelöst wurde. Wer ist Owie? »Owie lacht«, heißt es im Weihnachtslied: »Owie lacht, Lieb aus deinem göttlichen Mund!« Als wir weltläufig wurden und lernten, was Noël heißt und X-Mas, lautete die Frage: Wie kauft ein Sachse in London einen Weihnachtsbaum? Und die

Antwort hieß, natürlich: Attention please – Ä Tännschen, please!

Dann kamen die 68er. Und ich weiß nicht, ob es zu Weihnachten oder zu Ostern war oder irgendwo dazwischen, als der Kommunarde Dieter Kunzelmann ein ungekochtes Osterei nahm und es dem Berliner Bürgermeister Diepgen mit dem frommen Wunsch »Frohe Ostern, du Weihnachtsmann!« auf dem Kopf zerschlug. Dann kamen die Werbejahre, in denen Beckenbauer zu jeder unpassenden Jahreszeit bei jedem freudigen Verkaufsangebot erstaunt im Fernsehen ausrief: »Ja, ist es denn scho Weihnachten!« Und da wachte ich erfreut auf, weil ich keine Weihnachtsglosse schreiben musste. Und vor Freude nadelten mir bei der Weihnachtsfeier die Streifen aus dem Anzug, während ich sang: »Es ist ein Ros' entsprungen!« Von dem die meisten, ich wette, nicht wissen, was es heißt. Ich werde es ihnen gern nächstes Jahr in meiner Weihnachtsglosse erklären.

Das Klima in Lima ist prima

Es muss so ziemlich genau um 1960 gewesen sein, jedenfalls drum herum, damals, als es noch regelmäßig und blitzartig Wintereinbrüche gab mit Schneekatastrophen und Frosteinbrüchen. Und da damals wir Deutschen schon wieder wer waren, fuhren wir zu Weihnachten oder drum herum in die Berge oder an die Nordsee.

Und dann kam der Schnee, ebenso überraschend wie erwartet. Und wir hatten Spikes an den Autorädern oder Panzerketten, Schneeketten genannt, um die Reifen. Und stecken blieben wir im Schnee, manchmal tagelang, und mussten von der Bergwacht oder der Feuerwehr aus den Schneeverwehungen gefräst werden.

Und da gab's dann die Eisenbahn, die noch Bundesbahn hieß, weil Deutschland zweigeteilt war (auf Plakaten in Zügen: »Zweigeteilt? Niemals«) und die Zone, die sich DDR nannte, die Reichsbahn hatte! Reichsbahn! Ja, mit Mitropa! Und da machte die Bundesbahn (die jetzt Deutsche Bahn heißt) eine Werbekampagne, auf der war eine große Dampflok zu sehen. Das waren die feuerschnaubenden Dinosaurier, die an einem Riesentrichter Unmengen Wasser in ihren Bauch schluckten, wie ein Elefant an einer Oase, statt des Rüssels einen Trichter. Und in der Werbung hieß es: »Alle sprechen vom Wetter! Wir nicht!«

Da hatte die Bahn noch keine Elektronik. Und die Weichen froren noch nicht ein. Auch nicht die Oberleitungen. Und so mussten die Schienenloks noch nicht vom Wetter sprechen. Und kein Kondenswasser ließ die Züge unter dem Ärmelkanal sozusagen einfrieren.

Heute aber sprechen alle vom Wetter. Züge fallen aus. Flughäfen vereisen. Und auf den Bahnsteigen hört man etwas von einer Stellwerkstörung. Dann liegt man Stunden fest, friert, trinkt Glühwein.

Nur global spricht keiner vom Wetter. Dafür alle vom Klima. Das Klima ist die Mutter des Wetters. Das Wetter: das ungezogene Kind des Klimas. Und wenn man auf Klimakonferenzen über Erderwärmung spricht, spielt das Wetter, so zum Spaß und Ärger des Klimas, Eiszeit. Und schon friert das Wasser in den hochmodernen Zügen, Kondens statt Konsens.

Da fällt mir der alte Schlager ein: »Komm'se mit nach Lima! Das Klima in Lima ist prima!« Und wo es ein prima Klima gibt, da spricht niemand vom Wetter. Und trotz der Erderwärmung muss man sich warm anziehen. Und die Ohren unter den Ohrenschützern steifhalten.

Der Swingsound der Freiheit

Viel ist jetzt von erhöhter Flugsicherheitskontrolle, von Nacktscannern und dem Schließen von Duty-free-Zonen die Rede. Fliegen wird nur noch etwas für Sicherheitsgeiseln der Behörden sein, die während des Flugs wie gefährliche Häftlinge behandelt werden sollen. Da trifft es sich gut und schlecht zugleich, dass am Neujahrsabend der wunderbar leichtfüßige, leichtsinnige Film »Catch Me If You Can« in der ARD lief, Spielbergs 2002 gedrehte Hochstapler- und Scheckfälscherkomödie mit dem wunderbaren, von Leonardo DiCaprio gespielten Betrüger und Schwindler, der sich als Flugkapitän von PanAm, als falscher Arzt, Heiratsschwindler und Staatsanwalt durch die USA der Sechziger schwindelt und das FBI jahrelang narrt.

Tom Hanks ist sein spießig-redlicher Gegenspieler beim FBI und DiCaprio ebenbürtig in diesem meisterhaften Film. Meine Lieblingsszene ist die, als der Teenager-Schwindler als Flugkapitän der PanAm, im Pulk geschützt durch eine Handvoll Stewardessen, nach Paris entkommt. Zur Musik aus Frank Sinatras schönstem Album mit dessen swingendstem Song: »Come Fly With Me«.

Es war der Swingsound des amerikanischen Zeitalters, und vor unseren Augen und Ohren ersteht die nostalgische Welt des amerikanischen Jahrhunderts, als man einfach in die Freiheit fliegen konnte und wo die Stewardessen fröhlich zwitschernd in hellblauen, taillierten Kostümen und mit verwegen auf den Locken sitzenden Pillenverschluss-käppchen und Hartschalenkoffern über das Rollfeld zum Flug in die große Welt ausschwärmten.

Es war der Ausbruch in die große Freiheit. »Weatherwise, it's such a lovely day«, singt und slangt Sinatra (»wettermäßig« hätte ein deutscher Flugkapitän gesagt, und er hätte so unwiderstehlich goldbetresst ausgesehen wie DiCaprio).

Spielberg erinnert an die Verheißung des amerikanischen Traums im amerikanischen Jahrhundert: Come Fly With Me! Vorbei! PanAm, die Airline aller Airlines, längst pleite. Und bald werden wir noch körpergescannt und in Beugehaft genommen, um fliegen zu können. Das Jahrhundert der Airlines, Stewardessen, »Hilton«-Hotel-Swimmingpools, aus und vorbei. Es war – up, up and away! – unsre schönste Zeit!

Fuchs, du hast den Reim gestohlen

Am 27. November 2009 wurde Franz Beckenbauer mit einem Gedicht seines Freundes Karl-Heinz Rummenigge als Präsident des FC Bayern München verabschiedet, das so ging: »Ich danke dir, ich danke dir sehr. / Ich danke dir, das fällt mir nicht schwer. / Ich danke dir, dank dir ganz doll, / weiß gar nicht, was ich sagen soll.« Und, als ob das nicht schon schlimm genug gewesen wäre, ging das Gedicht auch noch weiter: »Ich danke dir, du bist ein Schatz, / dies sag ich dir in einem Satz, / ich danke dir, das fällt nicht schwer: / Danke, danke, danke sehr.«

Als ob es mit diesem Elend noch nicht genug gewesen wäre, meldete sich eine Lyrikerin, Frau Pfeiffer-Klärle aus Rödermark (ich schwöre, dass ich mir weder Namen noch Ort ausgedacht habe, eine so perverse Phantasie kann man gar nicht haben!). Pfeiffer-Klärle sagte: »Das Gedicht hat nicht Rummenigge geschrieben, ich war es! Ach, und ich möchte jetzt Tantiemen! Vom FC Bayern. Für jede Zeile!«

Nun kommt die Sache vor Gericht, und Rummenigge, der Dankwart des FC Bayern, ist in Beweisnot, ob er sich die Zeile »Danke, danke, danke sehr« selbst hat dichterisch einfallen lassen. Oder ob er sie Frau Pfeiffer-Klärle gestohlen hat: »Fuchs, du hast den Reim gestohlen. / Gib ihn wieder her! / Sonst wird dich der Jäger holen / mit dem Schießgewehr!«

Ich kann Rummenigge, Beckenbauer und dem FC Bayern München aber zu Hilfe kommen. Nicht Frau Pfeiffer-Klärle ist die Urheberin des Gedichts, sondern ich habe es geschrieben und im »Sonntagsblatt« der Erzdiözese Rottenburg am Neckar im Februar 1965 veröffentlicht: Damals lautete das Gedicht, das ich (a) meiner Mutter und (b) meiner mich verlassen habenden Freundin Klärle gewidmet hatte, so: »Ich danke dir fürs Butterbrot, mit dem du mich gespeist in Not. Ich danke dir für deine Brust. Erst brachte sie mir Lust. Dann Frust! Ich danke dir, treuloser Schatz! Und mach auf eine andre Hatz! Dem Ingenieur ist nichts zu schwer! Ich danke, danke, danke sehr!« Bis letzte Woche habe ich mich für diese Verse aber geschämt. Aber für Rummenigge ist mir nichts zu schade. Und so möchte ich mich beim FC Bayern für viele schöne Siege, aber auch für schöne Niederlagen bedanken, indem ich dieses Gedicht auf mich nehme!

Nichts zu danken, Herr Rummenigge! Keine Ursache!

Mit glockenreiner Stimme

Diesmal geht es um Kastraten, auch Eunuchen genannt, eigentlich eine längst ausgestorbene Spezies, die sich – es liegt in der Natur der Sache, in ihrer ihnen geraubten Natur – nicht selber fortpflanzen konnte.

Eunuchen gab es in den Harems der Mohammedaner, Kastraten in den Mauern des Vatikans. Die einen, die Eunuchen, bewachten die Treue der Sultane, Emire und Scheichs, und auch uns Kritiker nannte man gern Eunuchen: Sie wissen, wie's geht! Aber sie können es nicht. Jedenfalls nicht selber.

Kastraten wurden in vatikanischen Kirchenchören wegen ihrer glockenhellen, ja glockenreinen Stimme in ihrer männlichen Stimmbruchentwicklung gebremst. Sie konnten nur noch singen: hell und klar als Countertenöre.

Kürzlich hat Frank Castorf, keineswegs ein Eunuch, sondern ein allseits tätiger Vermehrer seines Theaterensembles der Volksbühne Berlin, in Basel das Stück von Jakob Michael Lenz (eines Goethe-Freundes und Stürmers und Drängers), nämlich den »Hofmeister«, inszeniert. Es war ein Lieblingsstück des großen Bertolt Brecht.

In ihm kastriert sich ein Hauslehrer und Hofmeister beim Adel, weil er sonst seine ihm anvertrauten Schülerinnen weiter schwängern würde. Für Brecht ein Stück, das die Selbstkastration deutscher Intellektueller im Duodezfürstenwesen zeigen sollte. Lenz, der Autor, wurde über diese seine Hauslehrerrolle wahnsinnig.

Nun aber hat in Düsseldorf ein 46-Jähriger vor Gericht gestanden, einem Bekannten mit bloßen Händen die Hoden abgerissen zu haben. Unappetitlich das, man mag sich das nicht ausmalen, ich zucke unwillkürlich beim Lesen zusammen. Und jetzt wieder beim Schreiben. Aua!

Doch ich erzähle die Geschichte nur wegen des Opfers. Der Täter ist inzwischen in die Psychiatrie weggesperrt. Doch das Opfer zeigte sich vor Gericht versöhnlich: »So was passiert schon mal!«

Was für ein wahrhaft versöhnliches Wort! Wie es nur ein Ochse sprechen kann, der froh ist, kein Stier mehr zu sein. Der kann ein Lied singen! Mit glockenreiner Stimme!

Geld stinkt nicht. Oder doch?

Non olet, lernten wir als Latein-Klippschüler. Es stinkt nicht, nämlich das Geld. Und in Wahrheit ist diese Redensart ironisch, um nicht zu sagen zynisch. Sie sagt das Gegenteil: dass Steuergeld in Wahrheit zum Himmel stinkt, zumindest »anrüchig« ist! Kaiser Vespasian soll diesen Satz gesagt haben, als er nämlich, weil der Staat wieder einmal, wie immer, klamm war, eine Latrinensteuer auflegte, die menschlichste, also niedrigste Instinkte besteuerte. Das war zwischen 69 und 79 nach Christi Geburt.

Sein Sohn Titus fand diese Steuer degoutant. Er ging zu seinem regierenden Papa, ganz jugendlicher Schöngeist und Idealist, und sagte: »Findest du das nicht eklig, ausgerechnet den Ort zu besteuern, wo auch der Kaiser zu Fuß hingeht?« Daraufhin nahm der Kaiser eine Münze, hielt sie dem Sohn an die Nase und sagte: »Riechst du was? Nein? Na also! Geld stinkt nicht.«

Das haben immer wieder Regierende gesagt und sich immer wieder geirrt. Zuletzt Westerwelle und seine FDP. Das sogenannte Mövenpick-Geld, die Hotelsteuer und die vorangehende Spende, hat die Partei in der Wählergunst tief stürzen lassen. Sie riecht nicht gut. Sie hat ein Geschmäckle, wie man in Süddeutschland sagt.

Und auch die Art und Weise, wie der Staat seine Bürger durch einen gestohlenen Datenkauf zur Selbstanzeige drängt, also, gut riecht das nicht, auch wenn es gerecht oder gar nötig ist. Und da fällt einem ein, dass die meisten

Steuersünder dem Fiskus durch Denunziation anheimfallen. Durch schnöde Rache, aus verschmähter Liebe und niedriger Rachsucht.

Es sind schon immer die verlassenen Geliebten oder betrogenen Ehefrauen gewesen, die in einer männlichen Einkommensgesellschaft ihre untreuen Ehe- oder Liebesschurken (Dir werd ich's zeigen!) an die Steuerfahnder verraten haben.

Nein, fein riecht das nicht. Und auch wie der Finanzminister mit erpresserischer Drohung zur Selbstanzeige der Schweizer Schwarzgelder treibt – einem Menschenfreund kann das nicht gefallen, auch wenn's anders offenbar nicht geht. Es ist die Geldwäsche des Sozialstaats. Non olet!

Danke für Ihr Verständnis

Bei der Deutschen Bahn gibt es zwei unterschiedliche Floskeln, mit denen man sich bei den Reisenden für die Unannehmlichkeiten entschuldigt, die ihnen in diesem »Winter unseres Missvergnügens« (Shakespeare, Richard III.) vom Schienenverkehr erwachsen.

Etwa wenn die Anzeigentafel in Hamburg Hbf. ausfällt, sodass es dem Reisenden schwerfällt, festzustellen, ob sein Zug 10, 20 oder 30 Minuten Verspätung hat. Oder überhaupt nicht fährt. Oder ob der Lautsprecher eines im Internet oder auf dem Bahnsteig als pünktlich eingestuften Zuges zwei Minuten vor der Abfahrt ansagt, er fahre statt auf Gleis 7 auf Gleis 14. Und gleichzeitig würden die Wagen in umgekehrter Reihenfolge verkehren, sodass die Platzkarten keine Gültigkeit hätten. Auch nicht in umgekehrter Reihenfolge. Und dass es zur Entschädigung nur kostenlose Kaltgetränke gebe, weil das Bordrestaurant ausgefallen sei.

Und wenn auf dem Berliner Hauptbahnhof statt eines ICE ein Metronom mit einer IC-Lok verkehrt (bedeutet mindestens 30 Minuten Verspätung), immer heißt es, nach Schule eins: »Wir bitten um Ihr Verständnis!« Oder nach Schule zwei: »Wir danken für Ihr Verständnis!«

Was ist unverschämter? Oder, um es wintergerechter zu sagen, unverfrorener?

Wer mich um mein Verständnis bittet, räumt mir wenigstens noch die Chance ein, es zu verweigern. Ich habe die Wahl! Nicht, was die Abfahrt, die Heizung, die verkehrte Wagenreihenfolge anbelangt. Aber immerhin. Ich kann zwar, wenn ich die Bitte abschlage, kein Heißgetränk bekommen, weil ich auch um das Verständnis gebeten wurde, zu akzeptieren, dass die Heizung der Bordküche ausfällt. Aber immerhin!

Unverschämter ist der Dank für mein Verständnis. Das man unverschämterweise voraussetzt. Obwohl niemand nachfragt, ob ich es wirklich gewährt, also den Dank verdient habe.

Aber was ist, wenn ich das Verständnis verweigere und mir jeden Dank dafür verbitte? Muss ich dann ohne Warmgetränk oder Kaltgetränk aussteigen und im knietiefen Schnee neben dem Zug herlaufen? Ich werde mich hüten! Also ist es der Bahn sch…egal, ob sie mein Verständnis erbittet oder für mein Verständnis dankt. Aber auch dafür habe ich volles Verständnis! Sänk you for your anderständink! Danke! Bitte! Keine Ursache!

Winter im Eimer

In München gibt es das Museum des unsterblichen, 1948 gestorbenen Sprachclowns und Wortakrobaten Karl Valentin, der, obwohl spindeldürr, es mit der Logik faustdick hinter den Ohren hatte. In diesem Museum steht ein Eimer (in Bayern auch Kübel genannt) voller Wasser. Titel dieses Schaustücks: »Schneemann im Sommer«.

Jetzt ist es wieder so weit – oder? Hätte ich einen Schneemann gebaut, sagen wir, am 17. Dezember 2009, wäre er jetzt sozusagen im Eimer. Jetzt taut auch die waagerecht in meiner Straße liegende Eiger-Nordwand mitsamt ihrer spiegelnden Fläche. Die Wende ist da! Zumindest tagsüber.

Davor hatte es jeden Zehnten (in Zahlen: jeden 10.) in Norddeutschland, von Schleswig-Holstein über Hamburg, Berlin, Brandenburg, Meck-Pomm, so sehr von den Beinen gerissen, dass die Warteräume der Kliniken aussahen wie Feldlazarette. Oder wie in Emmerichs Frost-Schocker »The Day After Tomorrow«. Wir schlitterten als Bruchstücke und Gipsfiguren zurück in die Zukunft.

Hätte mir ein weitgereister Freund meiner Tochter aus den Alpen nicht eine Spikes-Ausrüstung für das Schuhwerk mitgebracht (die im Norden restlos ausverkauft waren wie das Salz), ich hätte mein Haus nicht, in Messner-Manier hochgerüstet, verlassen können, sondern mich wie andere ans Haus Gefesselte nur damit trösten können: Vancouver im Fernsehen! Auch da schleuderte es Abfahrtsläufer, Biathletinnen und Eisläufer aus der Kurve und aus der Bahn. Auch da wurde nicht hinreichend gestreut. Auch da fehlte das Salz. Jetzt die Wende. Es taut. Die Bahn fährt ihre ICE-Züge wieder mit richtig echten ICE-Wagen und nicht mit Rumpelkisten aus dem Reichsbahn-Museum.

Und auch Hamburgs Bürgerschaftspräsident Röder konnte bis die Tage auf das Tauwetter hoffen. Weil er sich in Dschungelcampmanier und Amtsanmaßung eine städtische Räumung seiner Straße erschlichen hatte. »Ich will hier weg!«, sagte er dem zuständigen Bezirksamt. »Holt mich hier raus!« Die erbosten Bürger verlangten von ihm zur Buße und Strafe, dass er eigenhändig Eis hacken sollte. Jetzt, nach seinem Rücktritt (das Amt ist sozusagen im Eimer), muss er vielleicht nur noch den Matsch wegfegen! Privat.

Hitler, der Büchernarr

Neulich haben wir aus dem Buch einer hochsensiblen Frau namens Heike B. Görtemaker über Eva Braun, Frau Führer also, gelesen, dass sie eine hochsensible Frau war, durchaus liebend. Und dass Hitler, der ihr nach dem 20. Juli 1944 seine durch das Attentat zerfetzte Uniform auf den Berghof in Berchtesgaden als Reliquie für einsame Tage und Nächte schickte, die Frau Braun – neben seiner Schäferhündin Blondie – für das anhänglichste und treueste Geschöpf in seiner Umgebung hielt. Er musste ja kämpfen, während sie auf ihn wartete.

Ein Hitler für Feministinnen gewissermaßen. Und auch für Tierfreunde.

Jetzt hat ein Harvard-Gelehrter, nämlich Dr. Timothy Ryback, auch noch den Büchernarr und die Leseratte Hitler entdeckt.

Dachten wir bisher, Hitlers Buchleidenschaft sei eher pyromanischer Natur gewesen, hätte sich also im Verbrennen von Büchern erschöpft, so müssen wir jetzt lernen, dass der Bücherwurm Hitler ein Lieblingsbuch heimlich stets bei sich führte.

Er las es so gründlich, dass man heute noch ein borstiges Schnurrbarthaar (2,5 Zentimeter lang) in dem Büchlein fand. Dabei dachten wir bisher, Hitler habe seine Bartbürste aus Chaplins Garderobe während der Dreharbeiten zum »Großen Diktator« entwendet.

Das Buch war der Kunstführer »Berlin«, und der Führer war so tolerant, dass er das Buch liebte, obwohl der Verfasser Jude war. Den Autor hätte er, wäre der nicht 1933 nach Palästina geflohen, trotzdem am liebsten verbrannt.

Obwohl Hitlers Bibliothek von 16 000 Büchern aus des Diktators Wohnungen in Berlin, München und Berchtesgaden in alle Welt verstreut ist, hat der Harvard-Forscher herausgefunden, welches Hitlers Lieblingsbücher waren. Und dass er täglich Zeit fand, ein Buch zu lesen.

Ein Buch! Pro Tag! Neben Blondie, Eva, endlosen Palavern, Stalingrad, Führerbunker usw.

Sein absolutes Lieblingsbuch, weiß der Dr. Ryback, war der »Hamlet«. Den kannte der Führer sogar auswendig! Auswendig! Schlegel-Tieck oder Englisch, das ist hier die Frage. Und wo doch der »Hamlet« das längste Drama Shakespeares ist! Vielleicht, weil er heimlich noch lieber, als Führer zu spielen und die Welt zu verbrennen, in Lubitschs »Sein oder Nichtsein« aufgetreten wäre. Aber das hat er nur seinen Tagebüchern im »Stern« anvertraut, soweit ich weiß. Ein Hitler fürs »Literarische Quartett«.

Der Rhein – ein Rheinfall

Nun hat es also auch den Rhein erwischt. Deutschlands mächtigster Strom ist nicht, wie in fast allen modernen Lexika angegeben, 1320 Kilometer lang auf seinem Weg von der Schweizer Quelle bis zu seiner Mündung in Holland. Weit gefehlt: Deutschlands Schicksalsstrom ist in Wahrheit ganze 90 Kilometer kürzer, nicht 1320, sondern nur 1230 Kilometer. Diese falsche Länge hat sich, so hat Bruno Kremer, ein Umweltbiologe der Universität Köln, herausgefunden, durch einen Zahlendreher eingeschlichen.

Und so erinnert der Rhein uns an das Graffito im Herren-WC: »Tritt näher, er ist kürzer, als du denkst!« Mit dem alle Überschätzer ihrer Reichweite und Strahlkraft, die selbstbewussten und durch den Feminismus unbelehrbaren Stehpinkler, vor den peinlichen Folgen ihrer Renitenz und Resistenz gegen das Sitzen beim Fluss gewarnt werden.

Also auch Rhein, Vater Rhein, von dem das Sprichwort weiß, dass dem Rheinen alles Rhein ist, ist vom Riesen gewissermaßen zum Riesling geschrumpft, nach dem Karnevalslied: »Wenn das Wasser im Rhein goldner Wein wär!« Ja, wenn! Was sagen die Rheintöchter dazu, dass der Strom, in dem seit Nibelungentagen das Rheingold ruht, sich um 90 Kilometer überschätzt hat beziehungsweise überschätzt wurde?

Ein Rheinfall! Und nicht nur bei Schaffhausen. Dabei haben sich von den Römern und den Germanen bis zu den Franzosen und den wilhelminischen Deutschen alle um den Rhein geschlagen, um Oberrhein, Mittelrhein und Niederrhein geprügelt, mit einem mörderischen Rhein und Rhaus! Rhüber und Drüber! »Zum Rhein, zum Rhein, zum deutschen Rhein! Wer will des Stromes Hüter sein?« Um die trotzige Antwort des Kaiserreichs zu erhalten: »Lieb Vaterland, magst ruhig sein! Fest steht und treu die Wacht, die Wacht am Rhein!« Und jetzt! Das kannst du echt vergessen. Da hast du dich vermessen! Wie es im Lied heißt, nein, nicht von 18 Prozent der FDP auf Westerwelles Schuhsohle, sondern: »18 Zentimeter? Nie im Leben, kleiner Peter!« 90 Kilometer futsch! Die dem Rhein seit 1960 unangemessen zugemessen wurden. Durch einen Dreher. Wie bei der Klimakatastrophe, wo die Himalaja-Gletscher nicht 2035, sondern erst 2350 weggeschmolzen sein sollen.

Jetzt also 90 Kilometer Rhein weg, geschmolzen. Einfach so. Von den Bankkonten wie der Schnee von gestern, wie die Steuererhebung von morgen. Tritt näher! Nicht nur der Schicksalsstrom, sondern auch der Lebensfluss ist kürzer, als du denkst!

Eine Kindheitserinnerung

Mit fünf Jahren, also 1939, zog ich mit meiner Mutter in ihre Geburtsstadt Bielitz, die polnisch Bielsko-Biala heißt. Es war Krieg, und Deutschland hatte gerade Polen erobert, das die Wehrmacht von der einen Seite und die Rote Armee von der anderen Seite besetzte. Bielitz gehörte nicht zum Generalgouvernement Polen, das die Deutschen von Krakau aus okkupierten, sondern wurde ein Kreis von Oberschlesien.

Es war, wie gesagt, Krieg, und als Kind hörte ich mit meiner Mutter eifrig Radio, den Wehrmachtsbericht, und sah die »Wochenschau«. Unter den da noch siegreichen Deutschen, die inzwischen Russland überfallen hatten, war auch mein Vater als Infanterist unterwegs. Ein einziges Mal hörte ich von einem grauenvollen Kriegsverbrechen und sah die verwesten ausgegrabenen Leichen von Katyn in der »Wochenschau«. Es waren Schreckensbilder, die sich mir einbrannten, weil es die einzigen Schreckensbilder waren, die im Krieg zugelassen wurden. Sonst gab es nur siegreiche deutsche Heere, durch U-Boote versenkte Schiffe, Sondermeldungen zu Fanfarenmusik. Eine neutrale schwedische Kommission war zu sehen, die Goebbels nach Katyn geladen hatte, um die bestialischen Verbrechen der Russen an der polnischen Militärelite zu dokumentieren.

Dass zur gleichen Zeit im Kreis Bielitz, keine 50 Kilometer entfernt, das KZ Auschwitz gebaut und in Betrieb genommen wurde, erfuhr ich als Kind nicht. Erst Jahre später lernte ich, dass die Nazi-Regierung, die sich über sowjetische Untaten vor Entrüstung schüttelte, in meiner Kindheitsnähe eine unvorstellbar grauenhafte Todesfabrik aufgebaut hatte, eine Maschinerie systematischer Ausrottung der Juden, der polnischen Eliten, der russischen Kriegsgefangenen. Es waren erst die Bilder, die das Hirn des Heranwachsenden trafen. Auch fiel mir auf, dass die Sieger natürlich im Nürnberger Prozess nicht auf Katyn eingingen. Jetzt, als endlich auch die Wahrheit dieser furchtbaren Kriegsverstrickung bei Katyn zum 70. Jahrestag ans Licht kommen sollte, hat sich die Geschichte eine diabolische Pointe geleistet. Die späte Versöhnungsgeste verbrannte und zerstob in einem Flugzeugabsturz, mit der polnischen Elite, die in Katyn der Opfer von 1940 gedenken wollte.

Wolkige Gedanken

19. April 2010

Als ich neulich mit einem neugierig-sorgenvollen Blick zum Himmel hochsah – ich hatte abends zuvor im Fernsehen und Radio von der sich bedrohlich auf uns zubewegenden Aschewolke gehört –, war der Himmel im Prinzip blau, einige tiefhängende Wolken kamen mir mit ihren schwarz runterhängenden Bäuchen bedrohlich vor. Gestern Morgen herrschte strahlendes Blau, meine sich anstrengende Phantasie sah die reine Luft aber grobkörnig, wie mit schwarzen Partikeln gesprenkelt. Kein Fluglärm war mehr zu hören.

Mir fiel Tschernobyl ein, auch da war es Ende April, damals 1986, der Himmel betörend blau, und auch da kam eine Wolke auf uns zu, wir hatten kleine Kinder, ich deckte das aufblasbare Planschbecken zu, bedeckte den kleinen Sandkasten im Vorgarten mit einer Plane, von da an galt der Rasen für meine Kinder als unzugänglich, unbetretbar. Aber über dieser unsichtbaren Bedrohung hing der Himmel, rein, azurblau und schön. Vom Fortschritt sagte der Schriftsteller Robert Musil, es hinke immer ein Bein zurück, wenn das andere in die Zukunft vorauseile. Als Beispiel nannte Musil die Post. Früher sei sie langsamer gewesen. Aber dafür hätten die Leute bessere Briefe geschrieben.

Vulkanausbrüche hat es immer gegeben. Sie waren, außerhalb der näheren Umgebung, ungefährlich, auch wenn sie die Welt vorübergehend verdüsterten. Das galt auch noch für die Zeit der Flugzeuge – solange diese noch mit Propellern flogen. Jetzt habe ich gelernt, dass die Vulkanasche erst fähig ist, den Flugverkehr lahmzulegen, seit es Düsen gibt, die von dieser Asche verstopft werden. Es ist wie mit dem Gewitter, das Flugzeuge auch nicht bedrohte, solange sie handgesteuert waren. Der Flugkörper wirkt als Faraday'scher Käfig, unverwundbar. Das gilt im elektronischen Zeitalter so nicht mehr.

Zwar kann der Blitz das Flugzeug nicht zerstören, aber seine Elektronik außer Kraft setzen, sodass es wie tödlich getroffen zu Boden und in sein Verderben torkelt. Oder wie die Bahn unter dem Ärmelkanal. Auch hier, bei der Eiseskälte des eben vergangenen Winters, zerstörte das Kondenswasser die elektronische Steuerung. Es ist schon so: Je rasanter der Fortschritt seine Beine nach vorn schleudert, umso hilfloser bleiben sie erlahmend zurück. Wie Musils Briefe.

Gebildet geht die Welt zugrunde

Es geht doch nichts über klassische Bildung, über den althumanistischen Schulweg des altsprachlichen Gymnasiums mit kleinem oder besser großem Latinum oder des Lyzeums, wo man das Graecum erwirbt und weiß, was »Eulen nach Athen tragen« heißt. Gemeint ist die Eule der Minerva, wie sie in Rom heißt, Pallas Athene, wie sie als die Patronin Athens auf Altgriechisch genannt wird. Eine Kopfgeburt, ohne Hand und Fuß, ganz wie der griechische Staatshaushalt.

Nun stellen Sie sich mal vor, Sie hätten Schulden von, sagen wir, rund 45 Milliarden Euro. Sie sind also pleite. Nehmen wir an, Sie wären in Island pleite! Dann könnten Sie erzählen, Ihr Geld sei zu Asche verbrannt, verkohlt, zu Staub verpulvert. Sie würden nur Hohn und Spott ernten, vor allem, wenn niemand den Namen des Vulkans auch nur aussprechen könnte, der an allem schuld sein soll. Als Milliardengrab.

Anders ist das, wenn Sie Grieche sind, nehmen wir mal an, griechischer Ministerpräsident, und Sie heißen Giorgos Papandreou, was zwar nur Neugriechisch ist, aber immerhin. Sie würden also sagen: »Der Moment ist gekommen. Es ist zwingend erforderlich, dass wir um die Aktivierung des Rettungsmechanismus bitten!«

Schon besser! Wenn auch noch ziemlich bürokratisch, also ein plumper Pumpversuch. Aber Sie sind kein alter Schwede oder Isländer! Sondern Grieche, wie Odysseus,

Herakles, Rehakles, Onassis. Wie Helena oder die Callas! Also sagen Sie und sprechen das aus, als ob es sich nicht um Zinsfüße, sondern um klassische Versfüße handelte: um Hexameter. Sie sagen also, was »Bild« als Frage mit »Was Costas?« übersetzte: »Mein Land steht am Beginn einer neuen Odyssee, es kennt aber den Weg nach Ithaka!« Wie schön klingt das, wie hochgebildet, bei Zeus und allen Zykladen. Man vergisst, dass Odysseus ein grandioser Schwindler war, der sich auf der jahrelangen Heimreise zu seiner Frau an den Mast binden lassen musste, um nicht den Sirenenklängen zu erliegen oder sich von Circe gar zum Schwein verwandeln zu lassen, total becirct! Auf dem Weg nach Ithaka! Das klingt nach homerischem Gelächter. Und wann wird zurückgezahlt? Mit Drachmen oder Talenten? Oder »ad calendas Graecas«, wie die Lateiner wussten. Und das heißt bekanntlich auf gut Deutsch: am »Sankt-Nimmerleins-Tag«!

Ein Sturmtief in jeder Beziehung

Jeder Mensch ist ein Abgrund, wusste schon Georg Büchner – und meinte damit: jedermann. Aber nicht jedermann ist ein mutmaßlicher Kachelmann, weil nicht jeder seine Wetterstationen so durch das Land (auch durch Kanada und Alaska) pflanzen konnte, dass überall eine Wetterfee für ihn da war, während er für Gutwetter, für ein angenehmes Klima mit gelegentlichem Blitz und Donner sorgte.

Nun, da wir wissen, dass Jörg Kachelmanns Zottelbart in Wahrheit ein Blaubart war, ist der Bart ab. Während Männer, soweit sie Klatschspalten lesen, also alle, über den mutmaßlichen Wetterfrosch staunen: Wie kann ein einzelnes Männerhirn sich zur gleichen Zeit sechs Frauennamen und sechs Eheversprechen merken, samt den 70. Geburtstagen mutmaßlicher Schwiegerväter in spe und den silbernen Hochzeiten der verladenen Brauteltern. Eine starke Leistung männlicher Gedankenequilibristik. Descartes: »Ich merke es mir. Also bin ich!«

Die »Bild«-Zeitung indessen gibt eher der bedrohten Art der verlassenen, getäuschten und betrogenen Bräute Handreichung und Rat: »Wie erkenne ich, ob mein Mann ein Liebesschuft ist?« Ja, wie! Ja, wann! Ja, wo! Und überhaupt! Außer mit Wanzen im Handy und einem GPS-Tracker, kleiner als eine Streichholzschachtel, im Auto (beides gesetzlich verboten) muss die Frau auf die Stimmlage des Partners achten, um zu hören, ob er lügt. Je höher die Stimme, je niedriger das verheimlichte Bankkonto, desto alarmierender die Wetterlage! Aber es gibt auch wunderbare Hausmittel, Rezepte aus der guten alten vorelektronischen Zeit. Hat sie einen Gatten oder Partner, der mit faulen Ausreden durch die Gegend kachelt, empfiehlt sich Folgendes: »Geht er auffällig oft zum Sport?« »Packen Sie«, heißt der Rat an seine Misstrauische, »seine Sporttasche, stecken Sie nur einen Schuh hinein! Kommt er am nächsten Tag wieder und sagt, wie toll es beim Sport war, haben Sie ein Indiz!« Richtig, dann ist er fit wie ein Turnschuh! Es kann aber auch andersrum ein Schuh draus werden. Ein Freund von mir reiste zur Mailänder Scala. Seine eifersüchtige Partnerin packte ihm nur einen Lackschuh zum Smoking ein. Als er zurückkam, hatte er zwei Stilettos im Gepäck. Und beide hatten ein Problem! Wettermäßig gesprochen: ein stürmisches Wiedersehen. Ein Sturmtief!

Unauslöschlich

Wieder einmal sind sie verliehen worden, die Henri-Nannen-Preise. Nannen war bekanntlich der Chefredakteur des »Stern«, der die Illustrierte (O-Ton Nannen: »Vergnügungsdampfer«) vor der Hitler-Tagebücher-Pleite leitete. Den Preis für sein Lebenswerk erhielt Altkanzler Helmut Schmidt. Worin besteht sein Lebenswerk?

Bis zur Preisverleihung glaubte ich es zu wissen: Schmidt war nicht nur der Politiker, der sich mit Courage und Entschlossenheit der Hamburger Sturmflut von 1962 widersetzt hatte, sondern vor allem der Kanzler, der sich dem Zeitgeist und Zeitstrom widersetzte, auf dem damals seine eigene Partei, die SPD, mitschwamm, indem er den Nato-Doppelbeschluss der Nachrüstung, also die amerikanische Politik Reagans, so sehr unterstützte, dass auch und vor allem die Anhänger der eigenen Partei die größte Anti-Demonstration der Bundesrepublik gegen Bonn und dessen Kanzler auf die Beine brachten. Die Geschichte, darf man sagen, hat Schmidt recht gegeben, wie sie Kohl recht gab bei der Wiedervereinigung. Kohl und Brandt.

Folgt man jedoch dem Moderator Lars Reichow, einem singenden Kabarettisten, der mit gleichem Schmiss und gleicher Überzeugungskraft einen Abend über Topmodels, das Dschungelcamp oder »DSDS« neben Bohlen hätte moderieren können, dann besteht Schmidts Leistung darin, dass er wider bessere Einsicht und mit heroischer Rücksichtslosigkeit Kette raucht. (In meiner Jugend hieß der Heldenfriedhof der Raucher, das Arlington der ausgedrückten Kippen, so: Seht ihr die Gräber dort im Tal? Das sind die Raucher von Reval! Seht ihr die Gräber anderer Orten? Das sind die Raucher anderer Sorten!)

Bevor er Schmidt ankündigte, zündete sich Reichow mit symbolischer Wichtigtuerei eine Zigarette an, um dann ein unsägliches Loblied auf den Nikotin-Vernichter Schmidt mit belegter Raucherstimme und aus heiserer Raucherlunge zu singen, indem sich fast alles auf Zigarette reimte: Schmonzette, Gazette, Toilette, Midinette, Babette, Raucherkette, na, so ungefähr, bis man braungefärbte Ohren bekam.

Schmidts einziges Verdienst, sein Lebenswerk: dass er ständig raucht, wenn er nicht pfriemt oder schnupft.

Mich erinnert das an Kaiser Franz Josef, der sich nach einem Konzert huldvoll gegenüber einem Pianisten äußerte: »Ich hab den Liszt gehört und den Chopin. Aber so wie Sie geschwitzt hat keiner!« Es ist wahr, so geraucht wie Schmidt hat auch keiner.

Im Paradies gibt's keine roten Ampeln

17. Mai 2010

Im Mittelalter, im 12. bis 14. Jahrhundert, stellten sich die kirchenfrommen Scholastiker, die über Gott und die Welt spekulierten und philosophierten, eine knifflige Frage: Kann Gott einen so großen und schweren Stein erschaffen, dass er ihn nicht mehr heben kann?

Das war eine spitzfindige Zwickmühle für die Allmacht des Schöpfers: Schafft er das Erste, also den auch für ihn nicht hebbaren Stein, dann ist er im Zweiten nicht allmächtig. Und entsprechend umgekehrt: Kann er den Stein stemmen, dann kann er keinen schaffen, den er nicht stemmen kann.

Seit der Aufklärung glauben wir, dass wir in der besten aller möglichen Welten leben. Eben weil Gott sie bestmöglich erschaffen hat. Nun hat aber Margot Käßmann, die zurückgetretene Bischöfin und frühere Ratsvorsitzende der Evangelischen Kirche, auf dem Münchner Kirchentag gesagt, dass wir nur in einer »zweitbesten Welt« lebten.

Als Beweis für die mangelnde, nur zweitbeste Güte Gottes führt sie an: Da sterben geliebte Menschen, Lieben gehen verloren, und, ja, da stehen auch rote Ampeln! Gott in seiner Secondhand-Güte und schlampigen Vorsehung hat also vergessen, dass seine Hirtin blau an einer roten Ampel strandete und scheitern musste. Hätte er die roten Ampeln nicht geschaffen, hätte seine Sachwalterin Margot Käßmann weder den Führerschein noch ihr hohes Amt verloren. Wie lieblos nachlässig von Gott. Setzen, Zwei minus!

Wir können daraus folgern, dass Gott in der besten Welt (dem Himmel, dem Paradies) keine roten Ampeln duldet. Wahrscheinlich auch keine Ampelkoalitionen, kann man schlüssig annehmen. Darf man dort also Kinder, Greise, Unvorsichtige, die brav bei Grün über die Ampel gehen, totfahren? Das wäre falsch gefragt, liebe Gläubige! Denn die im Himmel sind einerseits schon tot, andererseits leben sie ewig, sodass man unbekümmert auch an der Ampel losbrettern kann. Hier in der ewigen Gerechtigkeit gilt kein rechts vor links. Alle sind Geisterfahrer! Jeder hat Vorfahrt! Und es gibt auch keine Promillegrenze.

Andererseits hätte Margot Käßmann auch in Maos China bei Rot losbrettern können, solange nicht der Dalai Lama als Unbekannter neben ihr gesessen hätte. In Rotchina war Rot das Grün für freie Fahrt. Ein Paradies für Käßmann am Steuer.

Ob sie aber bei Grün einem Alkoholtest unterzogen worden wäre, in Maos Paradies, wenn sie gefahren wäre, das ist eine scholastische Frage, die die Taliban, laut Käßmann, bei Kerzenschein diskutieren, wofür sie die Liebe der Ampelfeindin finden, auch wenn sie bei rotem Flackerlicht beraten.

Kohl hin, Birne her

Nein, Namenswitze macht man nicht, das ist gemein, kindisch, auch wenn jemand Dr. Dumm heißt oder wie der damalige Herausgeber des »Tagesspiegels« Walther Karsch und ihm böse APO-Buben auf dessen Namensschild in Berlin die Initialen zuklebten. Nein, das macht man nicht. Obwohl!! Es gibt historische Fälle. Nach dem Krieg, 1945, als die Deutschen aus dem Führerkult in die Reedukation fielen und einer zum Standesamt kam und sagte, er wolle sich umnennen lassen. Wie er denn heiße? Adolf Schweißfuß! Das könne er verstehen, sagte der Beamte, wie er denn seinen Namen ändern lassen wolle? In Paul Schweißfuß. Jüngere Leser, die nicht mehr wissen, dass Adolf Adolf hieß, werden das nicht verstehen.

Oder die Geschichte vom alten Bush. George Bush, ohne Doubleyou, eben senior. Dessen Konkurrent in den Vorwahlen hieß Gary Hart, und der stolperte über eine üppige, blonde, kurvenreiche Geliebte. Weg war er. Und als Bush zur Wahl stand, sagte besagte »Aufgeflogene«, von Reportern befragt, wen sie wählen würde: »Well, my heart belongs to Bush, but my bush still belongs to Hart.« Im Zeitalter des Metrosex und der sich daraus ergebenden Ganzkörperenthaarung auch schwer zu vermitteln.

Manche Namen kann man nur durch gigantische historische Leistungen kompensieren. Beispielsweise Kohl, das Lieblingsgemüse der Deutschen, weswegen sie in bösen Zeiten von den Angelsachsen »Krauts« genannt wurden. Nichts mehr haftet davon nach der Wiedervereinigung an Helmut dem Großen, Kohl hin, Birne her.

Im Niedergang oder Sturzflug der FDP dichtete Bayerns Ministerpräsident Seehofer über den lärmenden Westerwelle: Er habe als Tsunami gedroht und gelärmt, rausgekommen sei aber nur eine kleine Westerwelle. Nun kündigte am Sonnabend die »FAZ« an: »Wo steckt Brüderle?« – und fragt: »Was macht eigentlich die FDP?«

Und während ein Schäuble seinen Diminutiv durch übermenschliche Finanzanstrengungen leicht wegsteckt wie seine Krankheit, dachte ich auf einmal: Nein, Brüderle darf ein Wirtschaftsminister in Krisenzeiten nicht ungestraft heißen. Wenn er sich seinen Namenswitz durch Nichtstun und Wegducken hart erarbeitet. Kein großer Bruder mehr, eben nur ein schwächelndes Brüderle. »Wo steht Brüderle?« Hinter den sieben Bergen, bei den sieben Zwergen. Abgetaucht in die Westerwelle, die alles, nur kein Tsunami war.

Ich gestehe: Ich bin schuld

21. Juni 2010

Was sind schon die deutsche Niederlage bei der WM und das schlechte Wetter gegen Guido Westerwelle? Ein Plädoyer.

Es mag den Anschein haben, als wäre ich am Sonnabend wegen der Ereignisse der Woche aus Deutschland nach Frankreich geflohen. Das Wetter. Der Fußball. Das drohende Ende der Regierung.

Aber dem ist nicht so. Ich kann es beweisen, ich habe die Reise ins Var schon vor Monaten gebucht, als keiner wissen konnte, was ich immer deutlicher weiß, dass nämlich Guido Westerwelle nicht nur sich und seine Partei dadurch, dass er nur noch peinlich ist, ins Bodenlose stürzt.

Das könnte ich gut ertragen, peinvolle Erklärungen, wenn er nicht, ja wenn er nicht Angela Merkel und damit die Bundeskanzlerin mit in den Abgrund risse. Eine bessere hatten wir nie, und nun gilt sie seinetwegen als die schlechteste.

Das hat sie nicht verdient!

Aber der Reihe nach. Nicht wegen des Wetters bin ich nach Frankreich, ins Departement Var, zu meiner Schwester geflogen! Geflogen und nicht geflohen! Hier herrscht die schlimmste Flutkatastrophe seit 180 Jahren. Seit 180 Jahren! Selbst für mich eine Zeit, an die ich mich kaum erinnern kann.

Ich fuhr also, dank des Fernsehens, sehenden Auges

vom Regen in die Traufe. Kachelmann weiter hinter schwedischen Gardinen. Und das Wetter außer Rand und Band.

So bin ich nun mal, wenn ich vorher fest gebucht habe.

Auch dass unsere Jungs, scheinbar schmählich, gegen Serbien verloren hatten und aus dem Himmel (»Wir werden Weltmeister«) in eine Zitterstimmung (»O Gott! Wie gewinnen wir gegen Ghana?«) gestürzt wurden, hat mich nicht nach Frankreich getrieben. Die Franzosen sind eher schlechter dran. Von Spanien und Italien ganz zu schweigen. Die EU lebt auch im Fußball über ihre Verhältnisse.

Auch dass Jogi Löw sich bei der Niederlage wie ein Rumpelstilzchen aufführte und unkontrolliert Mineralwasser um sich spritzte, hat mich nicht gestört. Er ist nicht das einzige Rumpelstilzchen in der deutschen Politik, der Kultur und dem Fußball.

Also, Westerwelle ist nicht an allem schuld. Aber ich muss gestehen, ich bin an ihm schuld! Nicht allein! Aber ich habe diese Nullnummer, diese verkörperte Peinlichkeit, von der ich nicht weiß, was schlimmer ist: ob er redet oder schweigt, ich habe ihn mitgewählt. Für Angie, für Merkel!

Und jetzt fällt mir als Wiedergutmachung nur Oscar Wilde ein: Ehen werden im Himmel geschieden! Merkel würde ich empfehlen: Lass ihn fahren! Nimm die Stones. Vor allem Steinbrück! Heirate meinetwegen sogar Gabriel. Wenn's sein muss. Aber trenne dich, trenne uns von unserem Mühlstein! Von Westerwelle! Soll er sich doch die verbleibenden 4,9 Prozent an die Schuhsohlen kleben!

Die Lizenz zum Schlafen

Wer schläft, sündigt nicht, weiß das Sprichwort, aber das ist grundfalsch, wenn man an den Beruf des Schläfers denkt.

Ja, Schläfer, schlafen als Beruf! Denken Sie dabei bitte nicht an Vertreter des Deutschen Beamtenbundes, an solche, die Oskar Lafontaine (er hatte ja eigene Erfahrungen in diversen Beamtensesseln, als Bürgermeister, Ministerpräsident oder Minister) wegen ihrer neben dem Schnarchen wichtigsten Schlaftätigkeit »Sesselpupser« genannt hat, auch Schnarchnasen können also anders. Ihre Überzeugung ist, dass der Büroschlaf der gesündeste sei. Als ein solcher Bürohengst neulich erst gegen Mitternacht nach Hause kam, antwortete er auf die Frage seiner Frau, warum er denn so spät komme: »Stell dir vor, meine Kollegen, die Schweine, haben mich bei Büroschluss nicht geweckt.«

Nein, diese Schläfer sind nicht gemeint. Vielmehr die zehn Sowjetspione, die gegen vier amerikanische Spione in Wien ausgetauscht wurden, als wären wir noch mitten im Kalten Krieg und hätten den Fall der Mauer, Gorbatschow, Jelzin wie Putin, zweimal Bush, Clinton und Obama verschlafen. Und als gäbe es die geteilte Glienicker Brücke noch und die »Dritte Mann«-Atmosphäre in Wien, »Liebesgrüße aus Moskau« mit James Bond und den »Spion, der aus der Kälte kam« von John le Carré. Nix davon, die zehn Spione, die im Computerzeitalter kaum noch ihre Liebesbriefe mit unsichtbarer Tinte schrieben und tote Briefkästen tote Briefkästen sein ließen, waren – Schläfer!

Was macht man da? Man stellt sich tot, schläft, damit man nicht erschossen wird. Aufgedeckt. Man tut gar nichts, führt entweder ein »Familienleben« in einer grünen Suburb oder spielt Mata Hari und guckt schlafzimmrig über die nackte Schulter wie ein James-Bond-Girl. Und hat wie einst Sean Connery die Lizenz zum Beischlafen. 007 eben. Anna, die schönste Schläferin, fast so schön wie Anna Netrebko (nur dass sie nicht gesungen hat, nicht einmal bei den Verhören im Gefängnis), eine russische Vollblutseele, hatte den Spitznamen »90-60-90«.

»90-60-90 trifft 007« – kürzer lässt sich keine Bond-Story erzählen. Und kein Ost-West-Konflikt. Auch sie musste nichts machen außer Kontakte knüpfen (den Seinen gibt's der Herr im Schlaf), die Matratzen in New Yorker Betten nach Daten abhorchen, die sich der Kreml sonst auch mühelos aus dem Internet hätte holen können. Jetzt muss auch sie zurück in die Kälte, aus der sie kam. Mit Liebesgrüßen nach Moskau. Aber dort trifft sie einen inzwischen höhergestellten Geheimdienstkollegen, Wladimir Putin, der sich mit seinem nackten 007-Oberkörper immer noch gern sehen lassen kann.

Beim Jagen und beim Fischen. Mit der Lizenz zum Töten!

Jenseits der Zeit

26. Juli 2010

Neulich war ich in Klütz, in Mecklenburg-Vorpommern, es war über 30 Grad, aber von der nahen Ostsee wehte gegen Abend eine sanfte Brise. Ich saß im Hotel »Landhaus Sophienhof«, das vermutlich vier bis fünf Zimmer hat, oder auch sechs. Ich saß im Garten, blickte über eine Steinmauer auf eine ruhige Dorfstraße.

Klütz aber ist eine Stadt, hat rund 3000 Einwohner. Und ein Uwe-Johnson-Haus. Johnson, der große Autor der deutschen Teilung nach 1945, ist zwar nicht hier geboren und war mutmaßlich nie in Klütz, aber Experten, die sein wuchtiges Werk durchforschen, meinen, dass Klütz die ostdeutsche Stadt ist, die in Johnsons Werk Jerichow heißt. Jerichow beziehungsweise Klütz wirkt auf angenehm melancholische Weise aus der Zeit gefallen, und aus dem ummauerten Garten blicke ich auf ein Uhrengeschäft, das als Wahrzeichen eine riesige Taschenuhr hat, mit einer Aufziehkrone. Es ist, wie gesagt, sehr heiß und ein Wunder, dass die Taschenuhr nicht wellig wie Teig zerläuft, wie auf Salvador Dalís berühmtem Bild. Aber sie zeigt 6 Uhr 20. Auf meiner Uhr ist es etwa Viertel vor acht.

Und ich denke: Das ist zwar falsch und für ein Uhrengeschäft keine gute Werbung. Aber irgendwie ist es auch richtig, weil eine Uhr hier einfach anders gehen muss. Und das seit Jahren: nicht dem Zwang der Zeit ausgeliefert – obwohl man aus der Ferne das ständige Brausen einer Umgehungsstraße hört, aber hier Ruhe herrscht, gewaltige Bäume und eine klobige Kirche zu sehen ist: St. Marien.

Kurz zuvor war ich in der Provence, im Var, auf dem Weingut meines Schwagers, und am alten Chateau ist eine Sonnenuhr. Und da auch hier die Sonne glüht, schaue ich nach der Sonnenzeit. Ich bin irritiert. Die Sonnenuhr geht über zwei Stunden nach. Es kann nicht sein, weil sie seit 1821 hier, nein, nicht schlägt, sondern den Uhrenschatten über den Zeiger, den Gnomon, auf die lateinischen Ziffern wirft. Ist sie irgendwann stehengeblieben, ist sie zu alt? Hängt es mit Sommer- und Winterzeit, mit Europa, der Französischen Revolution zusammen, dass Frankreichs Uhren anders gehen, wie ein Buchtitel weiß?

Mir fällt die Uhr aus Alfred Polgars wunderbarer Glosse ein, die vor 20 Jahren (heute schätzungsweise vor 120 Jahren) stehengeblieben ist, wenn sie noch dort stünde, wo Polgar sie damals sah. Eine Uhr in einer Mauer. Sie zeigt seitdem 2 Uhr 36. Das ist immer falsch, außer in der Nacht um 2 Uhr 36. Und am Tag um 2 Uhr 36. Und Polgar zieht daraus die Nutzanwendung: »Alle Uhren zeigen richtig, man muss nur im richtigen Augenblick auf sie sehen!«

Lachen in Ketten

Vergnügungssüchtig, wie ich im Urlaub bin, habe ich mir ein lustiges Buch mitgenommen: »Das komische Manifest« von Ben Lewis, das »Kommunismus und Satire von 1917 bis 1989« beschreibt. Klingt gravitätisch, historisch, gewichtig, ist aber eine grandiose Witzesammlung. Und das Schönste: Man kann jede Menge über die Geschichte des Kommunismus, von den Jahren des Roten Terrors über die Nazizeit und den Kalten Krieg bis zum Ende des Ostblocks, lernen oder, in meinem Fall, sich kopfnickend und lachend erinnern.

Im Vorwort taucht gleich einer der besten Witze auf, ein jüdischer Witz und ein (anti)kommunistischer zugleich, in dem ein alter Jude auf dem Totenbett den Rabbi um die Erfüllung seines letzten Wunsches bittet: Er will Mitglied der Kommunistischen Partei werden. Auf den erstaunten Blick des Rabbis erklärt er: »Es ist besser, wenn einer von denen stirbt als einer von uns.«

Natürlich ist der Titel eine Travestie auf das berühmte »Kommunistische Manifest« von Marx und Engels. »Ihr habt nichts zu verlieren als eure Ketten«, wird da dem Proletariat verheißen. Und das »Komische Manifest« führt Not, Elend, Gefangenschaft in Ketten, tödlichen Terror an, zuletzt im Ceausescu-Regime (lange Hätschelkind westlicher Koexistenzpolitik), das die krudeste und bestialischste Herrschaft führte, in der es weder Fleisch noch Toilettenpapier noch Heizung noch Tampons gab.

Es gab einen Witz, berichtet die Zeugin des Autors: »Was ist in Rumänien kälter als das kalte Wasser? Das warme Wasser.« Und das Buch endet quasi wieder in Rumänien. Wieder mit einer Frage: »Warum wird Rumänien das Ende der Welt überleben? Weil es in allem 50 Jahre hinterher ist.«

Es gibt die Witze des Elends, etwa von den drei Hunden, dem polnischen, dem ungarischen und dem rumänischen, der die Situation in den drei Ländern kurz vor dem Exitus des Kommunismus trefflich festhält. »Sagt der polnische Hund: ›Ich bekomme kein Fleisch, aber ich darf bellen!‹ Sagt der ungarische: ›Ich darf nicht bellen, aber ich bekomme Fleisch!‹ Fragt der rumänische: ›Was ist Bellen? Was ist Fleisch?‹« Mit dem Ende im Jahr 1989 ist nicht alles zu Ende. Und so darf ich das Buch um einen eigenen Witz ergänzen.

1990 sagt eine Fee, dass sie einem Polen, einem Ossi und einem Wessi je einen Wunsch erfüllen würde. Wünscht sich der Pole: vor jedem Haus in Polen einen Mercedes. Der Ossi möchte, dass die Mauer wieder steht. Und der Wessi? Er fragt: »Hat wirklich jeder Pole einen Mercedes?« Die Fee nickt. »Und steht die Mauer wirklich wieder?« Noch einmal nickt die Fee. Darauf der Wessi: »Dann wünsche ich mir einen kleinen Cappuccino!« Zu hoffen ist, dass auch dieser Witz inzwischen Historie ist.

Invasion der Kreuzfahrer

Am Morgen eines Freitags, es war ausgerechnet der 13. (August), stiegen wir, vom Segel-Kreuzfahrtschiff »Sea Cloud II« in einem Schwarm von Truppenstärke ausgesandt, in frischer Luft in die noch schier unberührte, auf die Fremdenheere wartende obere Stadt, auf den Domberg der estnischen Hauptstadt Tallinn (ehemaligen Rauchern als Reval bekannt).

Es hatte die Nacht vorher geregnet, die Luft war wie frisch gewaschen unter einem makellos blauen Himmel. Nichts hätte friedlicher aussehen können als die blau-schwarz-weiße Fahne, die vor dem klassizistischen Parlamentsgebäude wehte. Da ich mir einrede, nicht abergläubisch zu sein (Freitag, der 13.!), habe ich mir auf dem für seine Beinbrüche historisch verbürgten steilen Buckelpflaster kein Bein gebrochen. Man darf 7nur nicht glauben, wo es nichts zu glauben gibt. Obwohl der Glaube (der irrwitzige eines kleinen Volkes) hier Berge – zumindest Steine – versetzt hat.

Unser estnischer Führer, der ein gepflegtes baltisches »Uexküll-Deutsch« sprach und uns kurz in die endlos gedehnten Geheimnisse der estnischen Sprache einwies, zeigte auf einen Riesenstein. Den hätten die Esten im August 1991, vor ziemlich exakt 19 Jahren, den sowjetischen Panzern in den Weg gerollt und dadurch das Parlament vor dem Sturz gerettet. Estland wurde, genau nach dem niederkanonierten Putsch der Reformgegner gegen Jelzin, mit den anderen baltischen Staaten unabhängig.

Heute wird die Stadt von Kreuzfahrern wie einst von Kreuzrittern okkupiert. Sie kommen mit Hanse-Schiffen, wie früher das Salz, das sie hier gegen Getreide und Pelze jahrhundertelang getauscht hatten. Der Felsbrocken und die »Dicke Margarethe«, ein Kanonenturm aus dem 16. Jahrhundert von mächtigsten Ausmaßen, werden von wahren Touristenheeren geschossen und erstürmt – wie die Stadtmauern in Rothenburg ob der Tauber. Mit den gleichen Waffen: Nikon und Nokia.

Dass die estnische Hauptstadt noch 2007 von gewaltsamen Auseinandersetzungen um ein russisches »Befreiungs«-Denkmal (es wurde aus dem Zentrum zum Rand eines Friedhofs versetzt, mitsamt dem Aberglauben, den es verkörperte) erschüttert wurde, ist im friedlichen Siegeszug, der die Stadt täglich heimsucht und überschwemmt, kaum noch zu glauben.

Die neue Völkerwanderung macht keine Gefangenen mehr, sie nimmt nur Fotos als Beute. Am Freitag, dem 13., waren es gleich zwei Hanse-Schiffe, die die Stadt kaperten. Eines kam sogar unter maltesischer Flagge. Wie die Kreuzritter. Unter Hinterlassung von Devisen zogen sie wieder ab.

Voodoo an der Modelleisenbahn

Sie kaufte eine kleine Puppe, die entfernt ihrer nachgefolgten Konkurrentin ähnelte, pikste der, unter Abmurmelung dunkler Beschwörungsrituale und finsterer Hasstiraden, eine Stecknadel durch den Leib. Das war in Mordabsicht auf die böse Frau geplant, die ihr den Kerl gestohlen hatte. Ob es funktioniert hat, weiß ich nicht, jedenfalls bekam die Nachfolgerin »Blinddarm« und die Stecherin ihren Kerl zurück, ohne sich darüber lange freuen zu können. Die Wege des Voodoos sind verschlungen.

Kommen wir zu einem anderen Zauber, der reife Männer zu Knaben werden lässt: dem Zauber der Modelleisenbahn (im Volksmund auch Märklin oder Fleischmann genannt). Ihr Kult manifestiert sich in der Scherzfrage: Was ist der Unterschied zwischen weiblichen Brüsten und einer Modelleisenbahn? Die Antwort lautet: »Keiner! Denn beide sind für die Kinder bestimmt. Und mit beiden spielt der Papa.«

In Nietzsches populärstem philosophischen Werk »Also sprach Zarathustra« heißt die entsprechende Märklin-Stelle: »Im echten Manne ist ein Kind versteckt; das will spielen.« Im gleichen Stück »von alten und jungen Weiblein« heißt es: »Du gehst zu Frauen? Vergiss die Peitsche nicht! Also sprach Zarathustra.« Aber das ist eher was für Wetter-Zauberer.

Seehofer dagegen, seinem Amte nach und seines Zeichens bayerischer Ministerpräsident, neben Westerwelle der zweite böse Voodoo-Geist, der Angela Merkel quälgeisterhaft heimsucht, hat eine riesige Modelleisenbahnanlage im Keller. Das darf er, und das kann er. Es ist besser als eine Leiche dortselbst. Eine CSU-Leiche etwa. Und Seehofer spielt nicht nur mit Lokomotiven, sondern auch … aber lassen wir das mal im Vergangenen ruhen.

Also hat der »Spiegel« enthüllt, dass im Keller Seehofers eine kleine Puppe mit einem Fotoporträt der Angela Merkel beklebt ist. Merkel als Eisenbahnengel. Nun spielt Seehofer in der Koalition gern »Züge entgleisen«. Er fährt mit Volldampf los – und peng! Und da fängt der Voodoo-Erfahrene zu fürchten an. Fällt da Merkel von einem Faller-Bahnhof auf eine Weiche und wird von einem bayerischen RE überrollt? Ist das so, oder werden wir nur noch von Verrückten regiert? Ist es also höchste Eisenbahn?

Das Verschwinden der Sushi-Greise

30. August 2010

Um 1840 erschien im zaristischen Russland Nikolai Gogols großer satirischer Roman über eine korrupte Bürokratie: »Tote Seelen«. Darin reist der Kollegienrat Tschitschikow durch die russische Provinz und kauft verstorbene Leibeigene auf, die aber noch in staatlichen Steuerlisten als Karteileichen geführt werden.

Er kann sie bei Kreditinstituten zum Marktwert verpfänden. Russland ist groß, der Zar ist weit und die Zeit der »Toten Seelen« lange vergangen. Denkt man. Und wenn man an Japan denkt, dann denkt man weniger an tote Seelen, sprich Karteileichen, als an rüstige Greisinnen und Greise. Japan, das Land der aufgehenden Sonne und des nie untergehenden Lebens. Japaner, die, als wäre es ihre leichteste Übung, fast alle spielend über 100 Jahre alt werden. Was sag ich, über 100, über 120, über 150, der älteste, in Osaka, ist bereits 1857 geboren.

Da kannten wir noch keine Rente mit 67 und wussten weder, wie gesund Sushi, Sashimi und Sojasprossen sind. Noch, dass man dank Shinto-Religion und Familiensinn und ungesättigter Fettsäuren alt bis zum Abwinken werden kann. Nichts ist unmöglich! Toyota! Japan, das Land der fröhlichen Alten. Nach Diktat vergreist. Rente vor 100? Niemals!

Jetzt kommt heraus, dass nicht das zaristische Russland, sondern das moderne Nippon das Land der »Toten Seelen« ist. Die Sushi-Greise haben in Wahrheit längst ihre

Essstäbchen abgegeben. Als die Behörden in Tokio einen 111-Jährigen zur Feier seiner Schnapszahl (bzw. Reisweinzahl) besuchen wollten, stellten sie fest: Der scheinbar rüstige Greis hatte bereits vor über 30 Jahren das Zeitliche gesegnet. Seine Verwandten, die Söhne und Töchter, inzwischen über 80, die Enkel, muntere Fünfziger, gaben an, der Alte habe sich, eine Generation zuvor, in sein Zimmer zurückgezogen und ward nicht mehr gesehen. »Ein lebender Buddha«, sagten sie ehrfürchtig – und teilten sich seine Rente.

Inzwischen häufen sich, wie die verstörten Behörden herausfanden, Nippons Untote. Die älteste Frau Tokios, 113 Jahre auf Erden, wurde seit 20 Jahren nicht mehr gesichtet; das Haus einer angeblich putzmunteren 125-Jährigen war, als die Behörden sie heimsuchten, schon 1981 abgerissen worden.

Mehr als 280 der über Hundertjährigen sind, so erweist sich jetzt, spurlos verschwunden. Nur ihre Rente ist (den Nachkommen) sicher. Von wegen ungesättigte Fettsäuren! Rente gut, alles gut!

Der Bahnhofsbau zu Babel

Sigmund Freud erzählt in seiner Seelenkunde des Witzes die Geschichte von einem Pferdehändler, der seinem Kunden ein sehr schnelles Ross anpreist. Er sagt zu dem potenziellen Käufer: »Wenn Sie dieses Pferd kaufen und um 5 Uhr losreiten, sind Sie schon um 6 Uhr früh in Pressburg!« Woraufhin der ländliche Kunde zurückfragt: »Und was, bitte, soll ich um 6 Uhr früh in Pressburg?«

Ich erinnere mich nicht, ob Freud die Geschichte mit Pressburg oder Budapest oder Lemberg als Zielstation erzählt hat. Jedenfalls spielt sie in der Zeit, als das Pferd in weiten Teilen der Welt noch das schnellste Verkehrsmittel war, ob vor dem Wagen oder unter dem Reiter. Und der Rosshändler, der war, was heute der Autohändler oder Bundesbahnverkehrsplaner ist.

Mir ist die Geschichte jedenfalls eingefallen, als der »FAZ«-Theaterkritiker und Stuttgartintimkenner Gerhard Stadelmaier der Protestbewegung gegen das Stuttgarter Hauptbahnhofprojekt (»Stuttgart 21«) das Argument zulieferte, man sei genau elf Minuten früher von Stuttgart in Ulm, wenn diese Gigantomanie eines unterirdischen Turmbaus zu Babel eines Tages verwirklicht würde. Und daran knüpfte er die Freud'sche Frage, wer denn schon aus der Schwabenhauptstadt elf Minuten früher in Ulm sein wolle? Zumal diese Gigantomanie für verschlungene, versenkte Milliarden stehe (die Elbphilharmonie als Groschengrab lässt grüßen) und für ungeheure Risiken (gegen die das Versinken des Kölner Stadtarchivs ein Klacks wäre). Stadelmaiers bauernschlauer Einwand (»Knitz« würde man das in Stuttgart nennen) trifft die Sache im Kern.

Die Bürgerbewegung gegen das hybride, also größenwahnsinnige Projekt hat erkannt, dass sie ihre Stadt und ihr Geld nicht für einen wahnwitzigen Bau verbrennen will – nur um elf Minuten eher in Ulm zu sein. Mir fällt, aus Bahnerfahrungen, noch ein zweiter Einwand ein. Die elf gewonnenen Minuten würde die Bahn auf freier Strecke wieder für 30 verlorene eintauschen. Mindestens, wenn nicht viel mehr. Wegen Ausfalls der Klimaanlage, einer Gleisstörung – oder weil sich wieder ein von der hybriden Gesellschaft verstörter Bürger vor die Schienen geworfen hätte.

Stellvertreter auf Reisen

Papstreisen sind auch nicht mehr das, was sie mal waren. Nicht mehr das reine Honigschlecken und Flughafenboden-Küssen. Vorbei die frommen Zeiten, als eine Putzfrau den fröhlich-rheinländischen katholischen Kanzler Konrad Adenauer bei einer päpstlichen Privataudienz belauschte, wie sich der Papst wehrte: »Aber, Herr Kanzler, ich bin doch schon katholisch!«

Der Kanzler war noch päpstlicher als der Papst. Der Papst hieß Pius XII., und ihm pinkelte der Autor Rolf Hochhuth in seinem weltweit berühmten Drama »Der Stellvertreter« politisch ans Bein, ein unfeiner Vergleich, gewiss, aber er trifft die Sache. Und noch keine Kanzlerin Merkel – protestantische Pfarrerstocher dazu – rüffelte öffentlich einen Papst. Ausgerechnet den »Wir sind Papst«-Papst der Deutschen (»Bild«), Benedikt XVI., der aus Regensburg später oft in die Traufe kam.

Benedikt hat auch bei seinem England-Besuch Zoff. »Was das kostet!«, stöhnen nicht nur die katholisch-geizigen Schotten in jetzigen Notsparzeiten. Auch die katholische Kindererziehung, vereinfacht auch »Missbrauch« genannt, wird ihm auf Transparenten in den Weg gehalten. Und das in einem Land, das ohnehin unter Heinrich VIII. bereits im Jahr 1534 – vor fast 500 Jahren also! – vom katholischen Glauben abfiel und eine eigene anglikanische Kirche gründete, weil Papst Clemens VII. Heinrichs Ehe mit Katharina von Aragonien nicht annullierte, hatte der

König doch ein Auge auf die schöne Anna Boleyn geworfen, von der sich der liebestolle Monarch kurz darauf per Hinrichtung wieder scheiden ließ, wie auch von den folgenden Frauen.

Nein, gemeint ist die Zeit, als der sportiv-fröhliche Johannes Paul II. (geborener Karol Wojtyla und ein Papst aller Herzen) in der weiten Welt unterwegs war und die Pisten kurz nach der Landung kniend herzte und küsste. Der fromme Thomas Gottschalk wollte ihn daraufhin zu »Wetten, dass …?« einladen. Weil er 200 internationale Landebahnen an ihrem Geschmack hätte erraten und erkennen können. Dieser Papst war mal, so weiß es die Legende, in Kanada auf Staatsbesuch. Und die Regierung stellte ihm ein Auto mit Chauffeur zum Sightseeing zur Verfügung. Der Papst, wie gesagt, sportiv und Ski- und Autofahrer, bat den Chauffeur, ihn einmal selbst fahren zu lassen, er kenne nur die Enge des Kirchenstaats, wolle sich mal in den kanadischen Weiten fahrerisch ausleben. Sie tauschten, und kurz darauf wurde der Papst gestoppt. Der Streifenpolizist erblickte ihn, ging zu seinem Streifenwagen und telefonierte mit seiner Polizeistation. »Wir haben da ein Problem. Eine Geschwindigkeitsübertretung.« »Was ist das Problem?«, blaffte der Inspektor am anderen Ende der Leitung. »Verpassen Sie ihm einen Strafzettel.« – »Ja, Leutnant! Aber er ist ein hohes Tier!« – »Höher als ich?« – »Mit Verlaub, ja!« – »Höher als der Minister?« – »Ich glaube schon!« – »Wer ist es denn?«, fragte der Vorgesetzte. »Keine Ahnung!«, sagte der Polizist. »Aber der Papst ist sein Chauffeur!«

Der Gentleman genießt und prahlt

Tony Curtis renommierte einst mit Marilyn Monroe. Vorher hatte die Sexbombe ihn beim gemeinsamen Filmdreh heftig leiden lassen.

Von Marilyn Monroe, mit der er die beiden wohl herrlich verlogensten, daher offen ehrlichsten, komischsten, erregendsten, verstecktesten Sex-Szenen der Filmgeschichte gedreht hatte, sagte er dennoch angemistet und äußerst uncharmant: »Die Monroe küssen – das war wie Adolf Hitler küssen.« Er hatte alle guten Gründe.

Als er mit seinem Partner Jack Lemmon unter Billy Wilders strenger Regie »Some like it hot« drehte, war die Monroe oft durch den Wind. Eine Szene, in der sie von ihrem vermeintlichen Millionär (Tony Curtis) verlassen ist, lässt sie in das Zimmer der beiden in Frauenfummel verkleideten Musiker Tony Curtis und Jack Lemmon und zurück zum Schnaps flüchten. »Where is the Bourbon?«, hat sie zu sagen. Aber Monroe verhaspelt sich zehnmal, zwanzigmal, je öfter Wilder mir davon erzählte, umso öfter. Und Curtis, der als Bronx-Macho nichts mehr hasste, als in Stöckelschuhen, weiblich aufgeputzt, auf das Drehen zu warten, litt Qualen. Anders als Lemmon, der als Klassenclown Spaß hatte, die Daphne zu geben, in die sich ein Millionär verliebt – ein echter.

In seinen Memoiren hat Curtis dann mit M. M. renommiert: »Sie war sehr erregend – mehrmals pro Nacht!« Ein Bronx-Gentleman genießt und prahlt. Einmal, da kam Curtis zurück in seine ärmliche Jugend als Schneidersohn jüdisch-ungarischer Einwanderer in der Bronx, ganz schick in Schale, und rief seinen Freunden, die ihn nicht wiedererkannten, zu: »Hey, I'm Bernie Schwartz. I fucked in Hollywood Yvonne de Carlo!« Welch ein Aufstieg, welch eine Karriere.

Und das nach der Paraderolle in der Filmkomödie aller Filmkomödien, in der nichts so war, wie es schien! Curtis war keine Frau und kein Millionär und auch kein Cary Grant, als er den Millionär spielte, very British! Und die versoffene Sugar Kane Kowalczyk, alias Monroe, Gattin von Arthur Miller, hielt ihn für einen Shell-Erben und wollte teilhaben und machte ihn scharf.

»Was ist aufregender, als die Monroe zu verführen?«, fragten sich Wilder und sein Koautor Iz Diamond. »Von der Monroe verführt zu werden!«, antworteten sie sich und drehten am Ende des prüden Zeitalters (1959, ein Jahr vor der Pille) eine hitzige Szene wollüstiger Lügen und Tricks auf einer Yacht, auf der die Brille von Curtis beschlägt vor Hitze und sein Bein erigiert und seine Fühllosigkeit, mit der er sie herausfordert, Lügen straft. Männer erlebten, als Frauen verkleidet, wie machohaft absurd es in der Welt zuging, und nutzten dies zum letzten Mal aus.

»Nobody is perfect«, heißt der Schlusssatz. Wilder und Diamond war, in Drehbuch-Zeitnot, nichts Besseres eingefallen. Aber perfekter konnte man das Ende der Macho-Welt nicht beschreiben.

Die verschwundene Beilage

Das Schreckliche am Alter, oder sagen wir genauer: am täglichen Älterwerden, das Schreckliche daran ist, dass man alles persönlich nimmt, auf sich bezieht, als eine auf einen selbst fokussierte und gezielte, also selbstverschuldete Katastrophe. Nehmen Sie zum Beispiel die Buchmesse. Letzten Dienstag fing sie an, gestern ging sie zu Ende. Und Dienstag früh kamen die von mir und meiner Frau oder von meiner Frau und mir abonnierten Tageszeitungen. Ich holte alle aus dem Briefkasten, setzte mich mit dem Stapel vor mir auf die Couch und las über dem Kopf die rote Headline: »28 Seiten Literaturbeilage«. Na klar, dachte ich, die lege ich mir raus. Da lagen schon die Literaturbeilagen zweier anderer Tageszeitungen. Die kann meine Frau dann heute Mittag in den Zug mitnehmen, nach Frankfurt, zur Buchmesse. Ich legte die 28 Seiten Literaturbeilage beiseite. Oder dachte zumindest, sie beiseitegelegt zu haben.

Und nun begann die Katastrophe. Die 28 Seiten waren spurlos verschwunden. Noch ehe ich sie in der Hand gehalten hatte. Papier ist glatt, dachte ich, es ist mir unter die Couch gerutscht, also kroch auch ich mit verstörtem Ächzen unter die Couch, drehte auch die Kissen um. Nichts. Ich fing an, heftig zu schwitzen. Das kann doch nicht sein, dachte ich, dass ich in nicht einmal einer Minute die Beilage zum Verschwinden gebracht habe. Wo doch meine Frau immer klagt, dass ich in kürzester Zeit die »Bücher«

einer Zeitung (die einzelnen Zeitungsteile werden noch Bücher heißen, wenn es keine Bücher, geschweige denn Zeitungen mehr geben wird) in der Wohnung zum Verschwinden bringe. Absichtlich, sagt sie, wenn sie es gut mit mir meint, aus Altersgründen, wenn sie es nicht so gut mit mir meint. Ich sei, sagt sie, was das Verschwinden von Zeitungsteilen, von Büchern von Zeitungen, anlangt, ein Schwarzes Loch. Ich suchte zwei Stunden, saß zwischendurch, hadernd mit meinem Alter, da, stierte vor mich hin.

Wie das meiner Frau erklären? Als sie zum Zug musste, fasste ich allen Mut. »Du wirst es nicht glauben«, sagte ich, »mir ist es in Minutenschnelle gelungen, die Literaturbeilage zum Verschwinden zu bringen.« Meine Frau sah mich mitleidig an. »Kauf dir am Bahnhof eine neue«, riet ich ihr.

»Schon gut«, sagte sie und fuhr zur Buchmesse. Als sie 20 Minuten aus dem Haus war, rief sie mich an. Zärtlich sagte sie, die Zeitung habe zwar eine Beilage angekündigt, 28 Seiten, hätte aber keine eingelegt. Nirgends! In keines der mehr als 500 000 Exemplare. Ich war erleichtert, aber nur einen Moment. Das haben die gegen dich gemacht, dachte ich, um dich vorzuführen. Damit ich denke, dass ich keine Zeitung ordentlich lesen kann. Später simste meine Frau, die Beilage habe nur in Hamburg gefehlt, nicht in Frankfurt. Also noch gezielter und perfider als von mir gedacht.

In Onkel Dagoberts Keller

Von Geld weiß man, selbst wenn man es nicht hat, einiges sprichwörtlich Gesichertes und vom Volksmund Aufbewahrtes. Beispielsweise, dass Geld allein nicht glücklich macht. Oder dass Geld nicht stinkt. Andererseits, dass Bargeld lacht. Aber auch, dass man Geld nicht essen kann. Jedenfalls nicht direkt. Und auch nicht trinken. Das »klein Häuschen« der Oma, das der Übermut versäuft, kann nur, so berichtet es das Lied, über die letzte Hypothek verflüssigt werden.

Für die Unessbarkeit, ja Ungenießbarkeit des Geldes steht der Mythos von König Midas, bei dem sich alles, was er auch nur berührte, in Gold verwandelte. Eine Art Bill Gates der Antike, nur dass Gates durchaus den Tauschwert des Geldes zu schätzen weiß: Wie viele Hamburger bekommt man für eine Million? Midas dagegen drohte zu verhungern und zu verdursten. Wie das Publikum bei Jörg Pilawas erster Bargeld-Show, wo er das ZDF-Studio in ein Fort Knox oder einen Onkel-Dagobert-Keller verwandelte, um jeweils die Millionen in Scheinen von Liften hochfahren zu lassen oder in Mülleimern vor den potenziellen Besitzern verschwinden zu lassen. Bargeld lacht.

Jetzt erfahren wir, dass die Zuschauer nix zu lachen hatten. Beim Einlass zur Show »Rette die Million« wurden sie gefilzt wie vor einem USA-Flug. Dann nahm sie Pilawa, der noch kurz vor der Sendung als netter Schwiegersohn und fürsorglicher Vater für zertifikatsgesicherte Landwurst geworben hatte, in Beugehaft. Über fünf Stunden lang, sagen die einen, sieben Stunden die anderen.

Es gab keine Landleberwurst und kein Bier und keinen Klaren, um die Wurst zu besänftigen, und keinen Saft. Und pinkeln gehen durfte man in diesem Geldhochsicherheitstrakt auch nicht. Wozu auch? Man hatte ja vorher nichts Blasentreibendes bekommen. Non olet. Da war ich dann auch froh, dass ich zu Hause (mit Zertifikatsleberwurst, diversen Getränken und einer funktionierenden Toilette) rechtzeitig aus der Sendung aussteigen konnte, in der das Geld nicht lachte, sondern von trostlosen Kandidaten umgeschichtet wurde, von denen der erste seine Frau erst abbekommen hatte, als deren Freundin ihn nicht mehr riechen konnte.

Non olet. Es war ein furchtbar langweiliger Abend. Ich aber war nicht in Beugehaft. Geld allein macht auch nicht glücklich. Midas bekam, so weiß es die Sage, auch noch Eselsohren. Das nächste Mal spielt Pilawa mit Blüten. Und lacht wie Falschgeld!

Ruhe da draußen!

Jetzt, da sich der Oktober neigt, meldet sich der Igel von der allgemeinen Wehrpflicht als Insektenbekämpfer und Wald- und Feldjäger ab. Er trollt und rollt sich in den Winterschlaf, nachdem er treu nach alter Igelart die Asseln gefressen und vertilgt hat. Er baut sich ein Bett aus Laub und Moos und wird erst wieder im nächsten Frühjahr auf Grimm'sche Märchenweise den Hasen sich zu Tode laufen lassen.

Der Hase heißt inzwischen »Keinohrhase«, der Igel in unseren Breiten schon immer »Kleinohrhase«. Sei's drum, wir wissen, dass das stachelige Tier sich sehr vorsichtig vermehrt. Dabei legt das Weibchen »seine Stacheln ganz eng an« (schreibt mein Brehm). Das aber ist im April und Mai, und jetzt igelt sich der Igel ein und schläft bis März.

Unweigerlich fällt mir zum Igel Kurt Tucholskys verhohnepiepelndes (kennen Sie das Wort noch?) Volkslied ein, das »Wenn die Igel in der Abendstunde« heißt, für »achtstimmigen Männerchor« geschrieben ist und so anhebt: »Wenn die Igel in der Abendstunde still nach ihren Mäusen geh'n, hing auch ich verzückt an deinem Munde, und es war um mich gescheh'n – Anna-Luise.« Ich nehme an, dass es sich um ein Frühlings- und weniger um ein Winterschlaf-Lied handelt, denn von Anna-Luise weiß Tucholsky zu berichten: »Und du gabst dich mir im Unterholze, einmal hin und einmal her.« Mit eingezogenen

25. Oktober 2010

Stacheln, nehme ich an, in einem Bett im Kornfeld und nicht beim Winterschlaf in Moos und Laub.

»Still« geht es bei den Igeln zu, das weiß auch Tucholsky. Laub ist, nach Schnee, das überhaupt Stillste, da ist gut igeln und schnorcheln. Doch was haben wir Menschen aus dieser Stille des Herbstes und Ruhe des Winterschlafs gemacht? Wir gehen das rot-braun-gelbe Laub mit dem Laubsauger an. Die Gärtner mit Ohrenschützern machen einen Höllenlärm, sie bekämpfen den Winterschlafsuchenden mit einer Dezibel-Attacke, die den Igel sich danach sehnen lässt, zum Kein-Ohr-Hasen zu werden.

Kann er aber nicht. Er wird vom Gebläse durch die Luft geschleudert, die Asseln werden ihm vor der Schnauze weggepustet. Keiner hat ein Einsehen. Außer die Bürger von Marburg. Sie haben, dem Klein-Ohr-Igel zuliebe, die dröhnenden Laubgebläse verboten und den alten, stillen Besen hervorgekehrt. Damit die Igel »still nach ihren Mäusen« gehen können. Und ruhig in den Winterschlaf. Aber sonst wird alles leider immer lauter.

Senkrechtstarter und andere Erfindungen

In der vergangenen Woche war zu lesen, dass die Chinesen den Hubschrauber oder auch den Senkrechtstarter bereits im 4. Jahrhundert vor Christus erfunden hätten. Im Ernst! Vor rund 2500 Jahren. Sie werkelten mit kleinen Holzstäbchen, verankerten in einem besonderen Winkel einen Federrotor – und fertig war die Laube: Der Helikopter war erfunden.

Im 16. Jahrhundert erfand der berühmte Mandarin Wan Hu dazu einen Feuerstuhl: Er setzte sich mit zwei Papierdrachen in der Hand auf einen Stuhl, zündete 47 kleine Pulverraketen. Wumm! Es erfolgte eine gewaltige Explosion. Wan Hu verbrannte mitsamt dem Heli. Die Spuren kann man im Raumfahrtmuseum in Peking besichtigen. Wahrscheinlich Asche!

Mich erinnert das an andere, ihrer Zeit vorauseilende, Erfindungen. An den Flug von Ikarus und den Schneider von Ulm, an Leonardo da Vincis Flugmaschinen. Aber auch an den von allen Seiten begehbaren Mikrochip, den die Sowjetunion (als Erfindung inzwischen ein Patent ohne jeden Wert) auf der Leipziger Messe von 1985 stolz präsentiert haben soll. Oder an die nahtlose Röhrenunterhose, die Mannesmann im Jahr 1746 erfand.

Jetzt blickten Filmforscher fasziniert noch einmal genau in Chaplins Stummfilm-Meisterwerk »Circus« von 1928. Und entdeckten – ein Handy! 1928! Eine Frau auf der Straße hat es in der Hand! Und am Ohr! Dabei war es doch gewissermaßen absurd, in einem Stummfilm per Handy zu sprechen. Wie soll das gehen? Wer soll es hören, das stumme Ding? In dem Film kommen echte und falsche Löwen vor, die der kleine Chaplin verwechselt, was ihn fast das Leben kostet und zum unfreiwilligen Helden macht.

Mit Löwen, falschen und echten, sind wir in Bayern, und dort hat der Ministerpräsident Horst Seehofer in der vergangenen Woche seine atemberaubende Erfindung zum politischen Patent angemeldet. Er, Seehofer, also ER, habe den Baron Karl-Theodor zu Guttenberg erfunden. Einfach so, den CSU-Starter, wie Phoenix aus der Asche. Aus dem Hut. Aus der hohlen Hand. Guttenberg, eine Kopfgeburt! Der hat zwar eingewandt, dass er dabei bei seinen Eltern, einem uralten Geschlecht, in Erklärungsnot gerate, das aber ficht seinen Erfinder Seehofer nicht an, der sonst durchaus weiß, dass nicht nur der Storch, sondern auch der Kuckuck Kinder erfinden kann. Er erfindet eben mit dem Rücken zur Wand. Das angebliche Handy im Chaplin-Film wurde inzwischen als Hörrohr geoutet.

Gründlich vergeigt

»Musik«, so wusste schon Wilhelm Busch, der dem malträtierten Klavier und der gequälten Violine manch verständnisvollen Vers gewidmet hat, »Musik wird störend oft empfunden, zumal sie mit Geräusch verbunden«. Diese weise Einsicht kam mir in den Sinn, als ich von dem Dirigenten und Ersten Kapellmeister (bis 2006 an der Komischen Oper Berlin) Jin Wang las, der jetzt in Würzburg vor Gericht stand, nachdem ihn seine Schülerin Anne B. wegen sexueller Nötigung verklagt hatte.

Er, 50, verheiratet, vier Kinder; sie mit einem Trompeter liiert, 25, und seine Lieblingsschülerin, die er mit SMS-Botschaften und nächtlichen Serenaden verfolgt haben soll – bis es zum opernhaften, oder soll man sagen: operettenhaften Eklat kam. Musik macht nicht nur Geräusche, sondern erweckt auch Gefühle. Und auf der Geige kann man sich auch vergreifen. Nach einem Konzert am 20. Mai 2007 soll der erhitzte Stargeiger seine Schülerin nach Hause begleitet, sich zu ihr in den Hausflur gedrängt, sie gegen die Briefkästen gedrückt, geküsst und, als sie sich seiner zu erwehren suchte, ihr die Geige weggenommen haben – eine wertvolle Stradivari wahrscheinlich. Und er soll ihr damit gedroht haben, das Instrument erst wieder zurückzugeben, wenn sie ihn in ihre Wohnung einließe. Ohne Violinschlüssel. Ein offenbar gründlich vergeigtes Date also, von dem wir nicht wissen, wie und wo es endete, bis jetzt vor einem Würzburger Gericht, wo der Missklang in einem Prozess endete. Doch der angeklagte Streicher griff zum letzten Mittel.

Plötzlich packte der 50-Jährige seine Geige aus und spielte ein Stück aus der »Tosca«. Der Richter, ja selbst sein Anwalt, sah ihn entsetzt an. Keiner rief: »Da Capo!« Niemand »Bravo« oder gar »Bravissimo«. Das improvisierte Solo wurde nicht als willkommene Zugabe empfunden, sondern eben als störend. Dabei hatte der Geiger, der alles außer seinem Instrument nicht im Griff hatte, auf die Macht der Musik gesetzt, nicht auf seine Zauberflöte, sondern auf seine Wundergeige. Mir fiel dazu eine Geschichte ein, die mir Uli Wickert aus der Studentenzeit erzählt hatte.

Da sucht ein Student eine Bude, und als seine Wirtin fragt, was er denn studiere, sagt er: Musik! Und da schüttelt sie nur den Kopf und sagt, sie habe schlechte Erfahrungen. Der letzte Musikstudent, an den sie vermietet habe, sei zu ihrer Tochter erst beethövlich gewesen, dann aber sei er mozärtlich geworden, habe ihr einen Strauss mitgebracht, sie beim Händel genommen und abends mit Liszt über den Bach zu den Haydn auf den Schönberg geführt. Da wurde er Reger und sagte: »Frisch gewagnert ist halb gewonnen.« Er konnte sich nicht brahmsen. Und jetzt hat sie einen kleinen Mendelssohn gegriegt und fragt sich: Wo Hindemith?

Das macht die Musik! Oder: die Macht der Musik! Oder wie Wang dachte: Er macht die Musik! Da muss er künftig andere Saiten aufziehen.

So weit, so Wut

Der »Wutbürger« ist zum Wort des Jahres gewählt worden. Vor dem Begriff »Stuttgart 21«, der einen ehrenvollen zweiten Platz errang und mit dem »Wutbürger« in enger Korrelation steht. Unterirdisch zwar, aber sinngerecht wie ein verspäteter ICE mit einem früheren Kopfbahnhof. Als Wutbürger bezeichnen sich gern Gutmenschen, die auf einmal außer sich sind. Um 1968 entstand die Wut. Aus dem konservativen Sprichwort »Was lange währt, wird endlich gut« entstand die Parole der entgleisenden Wohlstandskinder: »Was lange gärt, wird endlich Wut.« Endlich! Nach fast 20 Jahren Adenauer-Restauration. Anti-Atom, Anti-Militär, Anti-Vietnam, Anti-Flughafen Frankfurt/Main – so viel Anti, bis sich Mutlangen zu Wutlangen veränderte und mauserte. Die Wut von damals hat sich zur heutigen Rentner- und Vorruhestandswut verwandelt, deren Vertreter ihren das Gymnasium besuchenden Kindern Entschuldigungen für den spontanen Wutausbruch schreiben, damit der Protest jung aussieht.

Die Wutbürger stellen sich mit Vorliebe jedem Castor-Transport in den Schienenweg, lärmen gegen drohenden Fluglärm und gegen inflationäre Zugtrassen-Kosten und geben sich erst zufrieden, wenn die Kosten nach einem Geißler-Spruch noch höher steigen. Mit Sitzblockaden wird der Abschleppservice der Polizei beflügelt. Hier können Familien Kaffee kochen. Inzwischen betonieren sich Unverdrossene an Schienen und Weichen ein und weichen erst der geduldigen Schweißarbeit der Staatsgewalt. Hoffentlich, sagt sich der Angekettete, wenn es kalt wird, hoffentlich kommen die Bullen bald und erlösen mich aus meiner Wut.

Der Wutbürger nimmt dann im Guinness-Buch befriedigt zur Kenntnis, dass bei Gorleben ein neuer Rekord aufgestellt wurde. »Schottern« übrigens ist, bei aller berechtigten, staatlich anerkannten Wut, unerwünscht. Vom normalen Verkehrs- und Verspätungschaos unterscheidet sich die Wutbürger-Demonstration dadurch, dass sie sich politisch begründen lässt – je nachdem.

Es gibt bestimmte Wetterregeln: Ist Trittin als Umweltminister im Amt, so wäre der Gorleben-Protest die falsche Wut am falschen Objekt. Ist Trittin in der Opposition, darf Claudia Roth mit flammender Frisur am Lagerfeuer tanzen und den Wutbürger in Talkrunden geben. Ähnliches gilt für Stuttgart 21. Vor der Wahl ist hier nicht nach der Wahl, und so sagt Özdemir, schau'n mer mal, woher die Wut weht, wenn der Wind sich dreht.

Inzwischen ist alle Wut versicherungstechnisch und gesellschaftspolitisch und polizeigewerkschaftlich abgesichert und ausbalanciert. Love-Paraden und Fußballspiele sind entschieden gefährlicher als die in die Jahre gekommene Wut. Nur manchmal, wenn es die Polizei auf dem falschen Fuß erwischt, wie in Stuttgart, kann so was auch mal ins Auge gehen. Dann zeigen sich alle, auch die Wutbürger, betroffen. Eine Weile zumindest.

»Ich höre schon das Gras wachsen,
in welches ich beißen werd.«
Johann Nepomuk Nestroy